U0013441

在座寫輕小說的各位，全都有病
07
圖・手刀葉
甜咖啡
嗜血狂親
SMOOCH THE BLOOD

在座寫輕小說的各位，全都有病 7
目錄

第一話　人造生命體與幸福新世界

「主人您好，我是晶星人人工智慧九千九百九十九號，為七六四二三四博士所製造，被命名的統稱代號為……櫻。」

人工智慧九千九百九十九號的外表，是一名銀色長髮的少女。

然而，她的容顏……她的話語……讓我全身上下都開始發抖，幾乎要腿軟坐倒在地。那是來自靈魂深處的震顫，即使我完全不明白原因，依舊無法停下顫抖。

影像中的少女繼續開口說話：

「人家所寄居的機器，名為『轉轉思念君』。根據博士的設定，第一次人家只能與您交談一分鐘，時間結束之後，必須等待三天，『轉轉思念君』才能再次開啟……隨著開啟次數增多，每一次的交談時間，也會逐漸延長。

「限定的一分鐘已經快過去了，主人，您似乎十分驚訝，要利用剩下的時間來問人家問題嗎？」

……這個「轉轉思念君」，第一次竟然只能開啟一分鐘，要再開啟就必須等到三天後嗎？

雖然只是來自螢幕中的影像，但這個人工AI……她一切的一切，都讓我沒辦法保持平靜。

劇烈到幾乎令人落淚的酸楚感，從心靈深處不斷湧出。

彷彿來自非常非常遙遠的過去，某種如碎片般的記憶殘像，也忽然自眼前竄過——在那個記憶殘像裡，「我」的身體在逐漸消散……然而，那個「我」即使聲嘶力竭，拚命伸出了手，也無法將話語傳達出來，僅能以強烈的意念表達己身訴願。

「救救她——!!」

簡短得要命的三個字，卻成了那個「我」不惜一切也必須傳達的內容。

接著，「救救她」這三個字恍若也化成巨大的死神鐮刀，在把那個「我」的求救砍成兩半的同時，也將我所身處的世界……快樂的怪人社……無憂無慮的C高中所有人……斬得支離破碎。

「主人，您似乎十分驚訝，要利用剩下的時間來問人家問題嗎？」

被強烈的痛苦情緒所填充的腦海，在這時闖進了一句清脆的話語。

「那個……已經快要沒有時間了唷。」

……是人工智慧九千九百九十九號在說話。

明明只經過了很短暫的時間，剛剛那些令人迷惘的影像，卻給我帶來很大的負擔。

就像缺水的金魚一樣，我按著胸口大口喘氣。

為什麼……看見人工智慧九千九百九十九號……櫻……我會這麼痛苦……

為什麼……那個來自記憶殘像的「我」，為了喊出一句「救救她」……會如此拚命與淒涼？

為什麼……光是與這些困惑產生接觸，就好像現實即將破碎開來……就好像一切的快樂都只是假象那樣……心靈深處會不斷產生強烈的刺痛？

我不明白。

所有的疑惑，都找不出答案。

但是，為了探尋一切謎題的真相，利用珍貴的剩餘時間……我對著人工智慧九千九百九十九號——櫻，喊出迫切的質詢。

「——妳是誰!?」

人工智慧九千九百九十九號，聽見問題後一頓。

接著她露出可愛的微笑。

「我是人工智慧九千九百九十九號……櫻。

「為了連接起過去、現在……還有無盡的未來，我於此地沉眠並等待。

「為了顛覆虛假與真實……並將兩者合而為一，我於此地甦醒與承迎。

「我是櫻……虛幻之櫻。」

說完最後一句話後，轉轉思念君的螢幕畫面開始不停閃爍，接著「啪咻」一聲關閉，轉為開機前的墨黑色。

……一分鐘結束了。

據人工智慧九千九百九十九號所言，必須等到三天後才能再次使用。

……

周遭一片死寂，望著墨黑色的螢幕，心靈深處傳來的刺痛感越來越強烈。

好奇怪。

好奇怪啊……

我感到不對勁。

「為什麼……看到人工智慧九千九百九十九號……我會感到這麼茫然……內心深處……又為什麼會誕生痛楚……曾經封筆並再次復出，兩年後的我……歷經無數考驗的我，明明應該已經很堅強了……但此刻渾身湧起的無力感……源頭又來自哪裡……」

我不瞭解。

但是，我隱隱能察覺到，造就茫然、痛楚、無力等等痛苦情緒的，似乎來自於目前擁有的「巨大幸福」。

現在的我……在擊敗了A高中之後，從原先眾人認知中「沽名釣譽的混蛋」，一躍成為眾人眼中的英雄。

現在的我……與過去寂寞的獨行之路不同，已經有了一群可以信賴的夥伴，能夠進行喜歡的寫作活動，完成自己的宿願。

現在的我……過得很幸福。原本缺乏的東西，我現在都有了。

但是，也正是這份突如其來的幸福感，造就了無比的茫然。

「我……過得這麼幸福……真的可以嗎？」

發自內心的遲疑，加深了對於現實的困惑。

然而，在莫名湧起的痛苦中，這些困惑得不到任何解答。

新的一個月開始，又過去了一個禮拜。

像平常一樣，大家放學後在怪人社集合。

桓紫音老師是最慢抵達社團教室的人，她用力拉開教室大門。

「闇黑眷屬們唷！顫慄吧，欣喜吧，為了吾之降臨而激動吧——」

老師似乎努力想營造吸血鬼皇女降臨的恐怖氣氛，但是大家早已經習慣她的中二病發言，所以沒有人給予回應。

沁芷柔低頭在翻輕小說。

風鈴在檢查鋼筆跟稿紙的庫存。

雛雪在白紙上塗鴉。

總而言之，就像失去了負責吐槽的夥伴的相聲主持人那樣，有一瞬間……桓紫音老師得不到回應的身影看起來非常寂寞。

「……嗚啊，神祇走狗的魔爪……竟然已經滲透到這一步了嗎？」

站在講臺前，焦躁地咬著自己的指甲，桓紫音老師自顧自地下了結論。

「咕，看來有必要對這群眷屬進行反洗腦啊……」

啪啪。

啪啪啪——

啪啪啪啪啪啪——

這時候，教室角落傳來稀疏的掌聲。

「……坦白說，妾身非常感動。」

輝夜姬小小的手掌從和服的袖子伸出，在拍手的同時發言。

「即使得不到他人的認可，也依舊秉持自己的身分、守護種族的驕傲，不愧是桓紫音大人。」

……

「……!!」得到意料之外的認可，桓紫音老師明顯嚇了一跳，她遲疑片刻，接著眼角泛出淚水。

「不愧是吾一族之盟友……輝夜姬啊！這些胸大無腦的眷屬一直以來都無法明白吾崇高的教義，但是……如果是汝的話，想必可以明白吧。」

「……嗯，妾身可以明白。也常常有人質疑妾身『輝夜姬』的身分呢。」

「嗚嗚嗚……汝……汝真好，自怪人社創立以來，吾終於找到可以談話的對象了。啊啊……多麼漫長的旅途啊……那是就連活了數萬年……時間概念無比淡薄的吾……都漫長到幾乎要絕望的『尋找知己之旅』啊!!」

「……請您寬心，妾身可以理解您，從這一刻開始，妾身與您可以成為心靈之友。」

桓紫音老師露出感動的表情，拿出手帕擦拭淚水。

「嗚嗚……不愧是同為闇夜眷族的夥伴……汝……果然可以理解吾……」

「桓紫音大人，請別流下淚水，武家出身的孩子，即使在友人面前也不能示弱。」

輝夜姬點點頭，用溫柔的話語安慰桓紫音老師。經過短暫的交談，兩人「心靈之友」的交情似乎已經確立。

「「「……」」」

目睹兩名怪人惺惺相惜，我、雛雪、風鈴、沁芷柔都陷入沉默。

不過，我們已經漸漸習慣輝夜姬的存在。

從上次「斬鬼遊戲」之後，輝夜姬就常常來怪人社拜訪，與我們一起參加社團活動。

「……」沁芷柔闔上看到一半的輕小說。

對於輝夜姬與吸血鬼皇女的結盟行為，她很明顯提不起評論的幹勁，像趕蒼蠅一樣揮了揮手。

「啊～～那些名義上的東西隨便怎麼樣都好啦，今天社團活動要做什麼？寫輕小說嗎？還是用晶星人的機器來教學？」

「——乳牛!!汝竟然把如此莊嚴隆重的心靈溝通儀式稱為『名義上的東西』，看來汝已經徹底墮落了!!」

「是是是、本小姐墮落了，所以今天到底要做什麼？」

沁芷柔依舊以敷衍的語氣進行回答，桓紫音老師滿臉不爽地瞪著她。

「……哼，竟然連黑暗之力都無法領悟。算了，反正汝就是會在『○肉○食』的成語填空題裡、填入『燒肉定食』做為答案的胸大無腦類型吧，會做出這種舉動也是可以理解的事。」

「哈啊？誰會填入燒肉定食呀，別小看我!!」

同樣以非常不悅的語氣進行回答，沁芷柔瞪了回去。

兩人爭執了片刻，最後才正式開始上課。

順帶一提，「○肉○食」的真正答案是「弱肉強食」。

「總而言之，今天上課的主題是『練習幽默感』。哼哼哼……吾舉個例子吧，要把日常相處的輕小說劇情寫得輕鬆愉快，可不是一件容易的事——但是，如果是具

有豐富幽默感的作家，再怎麼枯燥無味的段落，寫起來也會替作品大大加分。」

桓紫音老師提出自己的見解。

「好，那麼……零點一！由汝先開始展現幽默感！」

「……為什麼從我先開始？」

「因為汝是社長。」

「……唔！」

無話可說。

雖然是強制性的，可是我確實身負怪人社社長的職位。

不過，一時之間被要求展現出幽默感，還真的有點困難。

「……」

幽默感……

幽默感嗎……？

我雙手扠在胸前思考。

「對了，提到幽默感的話，很容易就會聯想到愚人節吧？畢竟這種以愚人為宗旨的節日，當然需要豐富的幽默感……既然這樣，我就說一件以前愚人節的親身體驗吧。」

聽到我要說故事，所有人都轉頭看向我。

「——小學，班導師在上課的時候說：『今天是愚人節喔！覺得愚人節很有趣的小朋友請舉手！』當時除了我之外，班上其他同學都舉起了手。」

風鈴是聽得最認真的人，她緊張地問：「然、然後呢？」

我繼續說了下去。

「然後，大概是因為特立獨行的關係，老師注意到我，開口又問：『柳天雲同學，請問你對於愚人節的看法是什麼呢？』

「當時我這麼回答了：『愚人節嗎……像這種自說自話、以欺騙友人為目的的節日，其實我並不感興趣。』這是獨行俠的標準答案。可是班導師聽到我的回答後非常擔心，大概是為了讓我交到朋友吧，他溫和地建議我想一個愚人節謊言與大家分享。

「哼……愚人節謊言嗎？雖然被當眾這麼要求了，但是身為必須獨自解決所有人生難題的獨行俠，這種小小的困境可難不倒我。於是我立刻想出了答案——那就是『其實我有中二病』。當時說出口後，班上的大家果然都沉默了，就連世故的老師也默認我這個笑話能夠過關。」

「……!!」

沁芷柔露出誇張的驚訝表情，整個人轉了過來。

「等一下！剛剛那句話是謊言嗎？老師跟同學並不是因為覺得有趣才沉默吧!?」

其他人也紛紛贊同沁芷柔的話。

「……妾身也這麼認為。」

「嗯，零點一的謊言真是隨便。對於其他絞盡腦汁想話題的闇黑眷屬來說，這是非常失禮的事啊……」

連穿著麋鹿布偶裝的雛雪也舉起繪圖板，上面寫著：「學長遜斃了。」

「那個……前輩已經很努力了哦，大家別這樣，吶？好嗎？」

即使得到風鈴的安慰，可是引以為傲的「獨行俠笑話」被眾人拚命吐槽，我還是有點惱羞成怒。

「哼！說穿了，這種只適合與朋友共同嬉鬧、完全不顧及沒有朋友的人之心情的自私節日，本來就不該存在吧！」

「……嗤。」

從雛雪的方向傳來嘲笑的氣音。

連輝夜姬也舉起和服的袖子，掩住嘴角的笑意。

……這些傢伙。

就算我因為是個戰鬥力破萬的怪人，交不到朋友而無法順利進行愚人節活動，也輪不到這些傢伙嘲笑我。

不如說，比起穿著麋鹿布偶裝的雙重人格痴女，或身著和服自稱輝夜姬的少女，我根本就是MAX程度的超級正常人。

不甘的情緒湧起，於是我予以還擊。

「那、那妳們呢？妳們倒是說說看呀！妳們之前的愚人節說了哪些謊言，又引起怎麼樣的迴響！」

我可以肯定這些傢伙也沒有朋友，處境與我半斤八兩……即使用漂亮的言語加以掩飾，孤獨的事實也無法改變。

……也就是說，我已經確信能夠扯平局面，將她們拖入獨行俠早已習慣的尷尬節奏中。

可是，超乎我的意料，沁芷柔自信滿滿地發表了感想：

「哼哼，本小姐在愚人節總是大受歡迎，是人群中閃閃發亮的超新星哦！」

「大受歡迎……？超新星……？真的嗎？」

「是真的啦！幹麼懷疑人家！」

即使面對我的質詢也依舊不肯讓步，沁芷柔立刻做出解釋，並伸出食指指著我，以了不起的高姿態發表宣言。

「聽好了！本小姐厲害到連自己都害怕。拿去年來舉例好了，我在愚人節那天說了：『今天早上我看到一隻北極熊掉到墨汁裡，爬起來後變成一隻熊貓。啊，原來這是一隻熊貓呀！』結果大家都鼓掌稱讚這個笑話喔！」

「……!!」

「柳天雲！你為什麼露出這麼驚訝的表情？我沒有撒謊喔！真的大家都笑了！」

大家都笑了……？這、這怎麼可能呢？根本不可能才對啊。

接著我忽然想到一個可能性。

「啊，我瞭解了，鼓掌是因為這個『熊貓笑話』阻止了溫室效應繼續惡化吧？」

得出答案後，我忍不住也鼓起掌來。

「……」沁芷柔眼角一陣抽搐，接著她忽然舉起右手，「桓紫音老師，我想要離席一下。」

桓紫音老師在點頭的同時發出低笑聲。

「咯咯咯……有仇必報也是黑暗生物的特性之一吧……好吧，吾准許了。」

接著我嘗到了摔角節目裡才會出現的必殺技——Headlock，這招如果以強硬的力道施展，可以在短時間內令人缺氧昏厥。

從頸後繞來的雙手纏住了我的脖子，在讓我無法脫逃的同時用力往後拉扯，將我的頭部鎖死在沁芷柔的胸前。

沁芷柔胸部的觸感從後方傳來，那是會使人腦袋一片空白的柔軟肉感，受到擠壓變形的同時又會很快恢復原狀，那違抗地心引力的分量，更是讓內心產生搔癢般的微妙感受。

……好大。

如果要做出比喻的話……沁芷柔的身形曲線，就是會將異性深深捲入魅力漩渦、使人無法輕易脫身的女王蜂。

再加上那張潔白無瑕、五官比例完美的臉蛋，沁芷柔可以說是美少女中的美少女。

「那、那個，請不要欺負前輩！」

坐在我旁邊的風鈴解救了我，大概是因為沁芷柔沒有使出全力的關係，她手忙腳亂地解開了 Headlock，像是拯救心愛事物的小孩子那樣，將我攬在懷中。

「……!!」

這邊也好大。

伏在風鈴的懷中，我才忽然驚覺風鈴其實也很豐滿。

雖然大家早就一起去過海邊，看過風鈴的泳裝，但我因為一直沒有往那方面想，所以忽略了風鈴的身材究竟有多好。

風鈴關切地低頭望向我，接著立刻發出驚呼：「啊，前輩被勒到臉紅了，芷柔好過分！」

沁芷柔則是用力一跺腳，不甘願地發出抱怨。

「臭柳天雲，人家明明下手很輕！」

「可、可是前輩都臉紅了！」

「我怎麼知道！啊～～煩死了!!柳天雲你倒是起來解釋啊！」

在爭執中，雛雪也靠近了這裡。

將手上的繪圖板豎起，處於第一人格的雛雪，用平靜的表情注視大家。然而我總覺得她的愛心眼帶著竊笑。

「……在玩情色的遊戲嗎？3P？」

「「「才不是!!」」」

……

接著，桓紫音老師出面鎮壓了場面。

「……調情也要有個限度！都給吾滾回座位乖乖上課！」

無視雛雪舉起寫著「如果老師跟輝夜姬也加入的話，就是5P了呢」的繪圖板，大家終於重回愚人節的話題。

然後，這些少女們開始輪流分享過去展現幽默感的方式。

風鈴說了一隻烏鴉掉進水裡，起來後竟然「沒有洗白」，飛起來一樣是普通烏鴉的笑話。

輝夜姬的故事，則是在形容一位幫客人安裝冷氣的技師，因為客人的方言口音太嚴重，把冷氣聽成「暖氣」，害客人熱了一整個夏天的故事。

雛雪則畫了一隻很像鹿的生物，在旁邊打上《老虎》的題名。

「這個笑話叫做『指鹿為虎』，是中國那邊很有名的一個成語典故哦！」

「……」

真抱歉，那句成語叫「指鹿為馬」。

先不提雛雪的誤解。

……這些少女的笑話，簡直一個比一個還冷、一個比一個難笑。

但是，不約而同的，不管是沁芷柔、風鈴、雛雪還是輝夜姬，都聲稱自己的愚人節笑話大受歡迎，被眾人圍住稱讚並吹捧。

在經過長久的思索後，我才終於瞭解問題核心所在。

「那個……稱讚妳們笑話的，是不是都是男性？」

少女們紛紛點頭。

「……」

這群混蛋現充!!靠著顏值加成的笑話，根本不配稱為笑話好嗎!!

經過這次事件——我下定決心，下次愚人節到來時，要靠著自己的實力讓笑話變得更好笑，並讓這群現充瞭解笑話的真諦。

絕對要。

絕對。

隔天放學，我去附近的大樓搬教學用的器材。

剛穿過迴廊，身後就傳來一陣腳步聲，有人從後面追了上來。

「學長～～學長～～等等雛雪，別走這麼快。」

像兔子一樣蹦蹦跳跳前進的雛雪，剛出現就進入了痴女人格，愛心眼不斷閃爍著桃紅色光芒，嘴巴像招財貓一樣勾起「ω」的笑容。

發出嘆息聲的同時，我停下腳步等她。

雛雪湊近後，將身體擠了過來，並抬頭盯著我看。

「嘻嘻，雛雪呢～～有一個消息要傳達給學長喔!!」

「……什麼事？桓紫音老師要我搬其他東西嗎？」

「不是，學長猜錯了。」

「不然呢？」

雛雪單睜著右眼，並將一根手指豎在自己的嘴脣前。

「簡單來說～～雛雪差不多要到慾求不滿的季節了，所以想找你商量。」

「……妳是動物嗎？」

突然之間就發情，簡直像動物一樣。

對於我的見解，雛雪卻認真地糾正。

「學長怎麼會說這種話呢？人類本來就是動物呀，只是善於隱藏內心的肉慾而已唷！」

「……」

雛雪難得說出一句有道理的話。

確實。

人類這種生物喜歡隱藏自我，善於用漂亮的言論麻痺他人。

但是，當隱藏起來的事實被赤裸裸地攤在陽光下時，就像一戴上就無法卸除的「能面具」那樣，如果硬生生將面具扯下，人類就會感到無法言喻的痛楚，在極端的憤怒中，露出原本猙獰的面貌。

然後感到難堪。

無比難堪。

然而，即使感到難堪，人類也會千方百計地以漂亮的話語再次將醜陋的事實包裝起來，試圖獲得眾人的認可。

即使明知選項是錯誤的、行為是愚昧的，在名為自尊與羞恥的強烈情緒中，一切的不合理都會順理成章地通過，並對下一個接近自己的人進行認知洗腦。

「……」

「吶、吶，學長，你在想什麼呢？把女孩子晾在一旁發呆，這不是學長的好榜樣喔!!」

我繼續往前走，然而雛雪還是黏著我，不肯放棄她的行動。

「嘻嘻，總而言之，雛雪想拜託學長一件事。」

「？」

「就是呢，可以跟雛雪進行那個英文字母S開頭、必須男女兩人一起進行的親密活動嗎？」

「……」

「也就是Sex——」

「Stop！」

我伸出手掌，阻止雛雪繼續說下去。

雛雪則露出受傷的表情，立刻大叫起來。

「好過分!!學長這麼乾脆的拒絕，會讓雛雪受傷的哦！雛雪已經受傷了，傷痕已經滿滿刻在心靈上了……嗚啊，好痛苦，雛雪覺得胸口好沉重，再沒有學長的滋潤的話就要死掉了，絕對～～絕對會死翹翹的哦！」

雛雪說到「絕對～～絕對會死翹翹的哦」這句話時，雙手展開一個大大的圓，藉此強烈表達立場。

好聒譟。

與無口人格相比，雛雪的痴女型態也太聒譟了，會讓人煩躁到想要來回踱步。

「我說妳啊……」

我頭痛地按住臉孔，正打算發言時，雛雪卻搶先開口了。

她像是想通了什麼，忽然雙手合十，手掌相交時發出「啪」的脆響。

「啊！果然嗎？果然學長喜歡文靜的女孩子？就像風鈴那樣的類型對吧——!?吶？對不對？」

「……少胡說了。」

我伸出手刀，在熊熊布偶裝的頭頂輕輕一敲。

雛雪也不生氣，反而抱住我伸出的手，笑得很開心。

「該說是情敵的警覺心呢……還是女孩子的直覺呢？嘻嘻，雛雪有種預感，就算我、沁芷柔學姊還有風鈴，我們三人同樣都是學長名義上的女朋友……但是，如果硬要學長挑選一個人來交往的話，學長大概會選擇風鈴吧？

「可是可是～～雛雪不會認輸的哦！在還沒有真正分出勝負以前，雛雪都還有機會！吶、吶，對不對？」

我裝作沒聽見。

姑且無視吵吵鬧鬧隨行的雛雪，靜下心之後，依舊能感受到放學後寧靜祥和的氣氛。

戶外的風十分涼爽，吹在臉上時，能夠拂去因寫作而產生的心靈疲憊。

那風聲中也夾帶著隱隱約約的笑聲。遠處，在細心修整出的一大片草地上，有十幾位學生在結伴玩耍、野餐、晒太陽、學習，過得無憂無慮且快樂。

這場景……似曾相識……

……就好像當初從影像裡看到的、城堡裡那些A高中學生一樣。

開朗、無憂無慮，彷彿不知道煩惱為何物。

如此簡單而純粹的快樂，我有多久沒有體會過了呢？

在擊敗A高中之後，我們學校的制度就產生了改變，以怪人社成員為主要戰力。普通學生則不再強迫學習寫作，如果不願意的話，也可以安安穩穩地過活。

背負了C高中眾人的期望，從受人議論的奇怪社團變成救世主，這就是怪人社的現況。

而我……身為怪人社的社長，在接受眾人傾注期待的同時，也獲得無比的禮遇。

原本毫不起眼、沒有半點異性緣的我，開始得到低年級學妹的關注。

像是前幾天。

「啊，那是柳天雲學長！」學妹A坐在遠處，對著旁邊的閨密這麼說：「聽說了嗎？上次能戰勝A高中，幾乎全是靠柳天雲學長的哦！可以說學長他拯救了C高中，在關鍵時刻挺身而出，真的好帥氣喔！」

「嗯……大家都在傳這件事呢。」

學妹B看著我，眼睛閃動著憧憬的光芒。

其實對於擊敗A高中的過程……不知道為什麼，除了與棋聖的對決之外，其餘記憶都相當混亂，只記得「好像有這回事」。過往的對戰過程，與其說是記憶，不如說是像夢境般含糊的場景。

但是，這一切都無損於我的名聲不斷拔高、拔高、拔高……直到在C高中達到巔峰，沒有任何人可以蓋過我的鋒頭。

——**大英雄**。

甚至有些低年級的少女會這樣稱呼我。

在談論我時，那些女孩子也總是無比崇拜。

如果不是有兩位美少女充當名義上的女朋友，還有一位不請自來的變態雙重人格繪師隨時黏在身旁，恐怕我早就收到不少情書了吧。

這時候，我與雛雪走到了目的地，那是一間堆滿雜物的儲藏室，很快我找到了要搬的教材。

其實東西滿多的，但我畢竟是男孩子，雖然會辛苦一些，依舊可以獨力搬動。

「嗚哇……好多灰塵哦……」

雛雪打量著儲藏室，整個人轉了一圈。

「學長，需要雛雪幫你嗎？」

啊……要幫我嗎？我感激地點點頭。

接著雛雪在我面前蹲下來，吐出粉嫩的舌頭，嘴巴張成圓筒狀。

「啊～～」

「……」我無言。

「啊～～～～」

雛雪嘴巴張得更開了。

我伸手往她頭上用力一敲。

雛雪抱住了頭，戴著高科技隱形眼鏡的她，愛心眸變成了「><」的顏文字。

「好、好痛喔！學長你為什麼打雛雪!?這是今天第二次了哦！雛雪已經受到無法彌補的心靈傷害了，在網路遊戲裡就等於中了終極 Boss 的詛咒一樣哦！好過分，太過分了！」

「……站起來啦！不幫忙搬東西的話，我要走了喔！」

「——嗚呃啊阿啊啊啊!!」

雛雪雖然站了起來，卻像被槍擊了一樣，按著胸口不放，還發出痛苦的叫聲。

「好難受好痛苦好哀傷好悲慘～～孤男寡女兩個人來到陰暗的儲藏室，怎麼想都只能發生不可告人的關係了吧?學長竟然不按照套路來走，還殘忍地拒絕了雛雪、傷害了雛雪、凌虐了雛雪的心靈，不愧是註定成為鬼畜王的男人，這種鬼畜 Play 的放置行為，只有學長忍心做出！」

……頭好痛。

不知道該怎麼辦，只好選擇無視。我將所有東西抱起，轉身走出儲藏室。

「嗚嗚……等等雛雪！等等人家啦！學長真的好狠心哦～～好狠心～～!!」

剛走出不遠，身後再次響起雛雪的喊叫聲。

我無力地嘆了口氣。

雛雪很快追了上來，但她很快就忘了剛剛受挫的事情，發揮她天生的氣人天賦，喋喋不休地尾隨著我。

她的眼睛重新變回了愛心眼，臉蛋因為跑步追趕而漾起酡紅，看起來有種微妙的嫵媚。

「怎麼樣?吶，剛剛雛雪的表現有加分嗎?主動的女孩子聽說特別受處男歡迎對吧?」

不，我覺得妳不說話，維持無口人格會比較受歡迎。

如果安安靜靜的話，外表看起來明明就是個正常的美少女。

「啊，對了，雛雪的胸部雖然沒有沁芷柔學姊跟風鈴那麼大，但也能輕鬆夾住哦！嘻嘻，要試試嗎？」

一邊說，雛雪的上臂往內傾斜，將胸部往內側擠壓。

「……」

唉……明明是個美少女，又擅長畫畫，如果不是變態的話，那就完美無缺了。

如果最後能回到現實世界，雛雪真的成了有名的插畫家，繪畫界究竟會掀起多大的波瀾呢……

光是想到那個可能性，我忍不住嘆了一口目前為止最長的氣。

第二話

通往樂園的泳裝之路

離上次與人工智慧九千九百九十九號見面，已經過去了三天。

夜晚的走廊，即使刻意放輕腳步行走，依舊會在冷硬的牆壁上激起回音，

「躂……躂……躂……」的腳步聲不斷響起。

「深夜獨自走在學校的走廊上，簡直是鬼故事的標準開局啊……如果用蠟燭照明的話，就更有氣氛了吧？」

看了看時間，現在是凌晨時分。我穿著睡衣，沿著平常的路徑，往怪人社走去。

「人工智慧……九千九百九十九號……妳究竟是什麼樣的存在？看到妳……為什麼我的思緒會如此紊亂，幾乎無法進行思考……我不明白……」

正因為不明白，所以才要去探尋真相。

正因為不明白，所以才要讓一切水落石出。

「喀啦」一聲推開怪人社大門，我再次站到了那臺奇異的機器面前，並將其開啟。

「……」

隨著螢幕接通電流，於無聲的環境中，人工智慧九千九百九十九號像剛睡醒那

樣，慢慢睜開眼睛。

「——!!」

又來了。

人工智慧九千九百九十九號，有著櫻花般的髮色……嬌小的身段，與出色的美貌。

可是，在看見她的同時，我的腦海裡也不斷響起激烈的吶喊聲。

「——救救她……快救救她!!」

那聲音裡，蘊含著悲傷、恐懼、痛苦、難受、絕望等諸多情緒，擁有動搖人心的力量。

而且……那聲音我相當熟悉。

——**發出吶喊聲的人，就是我自己**。

在領悟到這個事實的同時，眼前再次幻現出多次目睹的夢中場景……於詭異的紅光中，我的身體逐漸消失，在死去前拚盡全力喊出的話語，也隨著紅光一起消逝。

隨著發生次數增多，我的腦海裡不禁浮現了某種詭異的想法：

這種情況……宛如那個「我」的死前喊聲，穿越了夢境，度過了時空，最後抵達我這邊一樣。

……

人工智慧九千九百九十九號揉著惺忪的雙眼，抱著腿坐在螢幕邊緣。

「欸？主人，好不容易來到人家這邊，您怎麼在發呆呢？這次的交談時間只有兩分鐘哦！」

一邊說，她伸出手戳了戳螢幕，螢幕上漾起水波般的漣漪。

「啊、那個……不、不好意思！」

面對提醒，我意識到自己的失禮。盯著對方發呆，怎麼看都是有失禮節的行為。

於是我切入正題。

「那個……妳是人工智慧對嗎？好厲害的科技力啊……」

對方太過靈活的智能讓我不禁發出讚嘆，畢竟地球沒有這麼高科技的產物，人工智慧始終處於雛型發展階段。

人工智慧九千九百九十九號點了點頭，回覆：「是的，人家是由七六四二三四博士所創造的人工智慧，據說是模擬博士的一位故人所誕生的虛擬人格，性格跟外貌都與本人非常相似……但是沒有本尊的記憶。」

「這樣啊……我明白了。」

「——對了!!主人主人，您今天來看人家，九千九百九十九號很高興喔！」

她露出燦爛的笑容。那笑容裡充滿了活力與雀躍，讓人忍不住也報以笑顏。

簡短的交談過後，兩分鐘的時限很快來臨。

九千九百九十九號將背部靠在螢幕的邊緣，以手指抵著下巴。

「主人，這一次您的來訪，似乎讓記憶體裡的資料多了一些，我隱約得知了一些情報。」

「情報？」

「是的，但這些情報之前是被上鎖的，我有種預感，似乎您每次來訪，原本被鎖上的東西就會釋出一些，人家就可以用更完整的姿態與您交談。」

「……」

也就是說……現在的人工智慧九千九百九十九號不是完全體嗎……

隨著不斷來拜訪，到了某一天，隨著資料完全解鎖，真正姿態的九千九百九十九號才會出現。

接著，兩分鐘的時限到了。

盯著轉為漆黑的螢幕，回憶著九千九百九十九號的樣貌，不知道為什麼，我的心中莫名湧起強烈的寂寞。

「……」

下次再來吧。

隔天。

沿著熟悉的路徑走向怪人社，但是還沒進入教室，光是隔著門板，我就能感受到一股肅殺的氣氛。

進入教室後，我發覺沁芷柔撐著腮幫子，臉撇向窗外在生悶氣。

「前輩，那個……剛剛芷柔跟雛雪吵架了……」

風鈴對我解釋現在的情況。

啊，又開始了嗎？

可以想像「得不到關注的雛雪又開始刻意惹沁芷柔生氣」……嗯，該怎麼形容呢？簡直就像捉弄心上人的小學男生一樣幼稚。

如果讓這種情況持續下去，等一下說不定又會吵起來。教室一片喧騰的話，桓紫音老師又要生氣了。

也就是說，身為社長的我有責任進行勸架。

……坦白說，好麻煩。

然而，獨行俠的作風就是事先消滅所有的麻煩因子，再不濟也得跳過會讓自己陷下去的大坑……

所以我決定緩和教室內的氣氛，至少稍微消弭她們的怒火。

「咳咳咳……」

我走到教室前端，站在講桌的正前方。

接著我一擊掌。

「好了，我來講一個笑話吧！」

經過上次「模擬愚人節」的課程後，我說笑話的等級又提升了。

對於講笑話，現在我相當有自信，這可以說是我除了寫作之外的少數專長。

笑容可以化解尷尬，消除隔閡，對於一般人來說是這樣的。

「欸？你又要講笑話嗎？」

但是，聽見我的發言，沁芷柔明顯被嚇了一跳。

「……不行嗎？」

「可以是可以，不過……唔嗯，就某種層面來說，柳天雲你還真是個有自信的人呢……竟然不會因為打擊而倒下……」

沁芷柔露出混合同情與鼓勵的複雜表情。

雖然在「有自信」這一點上達成了共識，但是不知道為什麼，沁芷柔的表情讓我覺得自己被瞧不起了。

……哼。

接下來，教室另一頭的雛雪豎起繪圖板。

「……好了，雛雪已經做好聽笑話的準備了，學長請說。」

「……」

我看著雛雪。

裡裡外外、一共套著三件動物布偶裝的雛雪也看著我。除此之外，她還圍上了圍巾。

如果單純看裝備，我會以為眼前的少女即將進行極地攀登的險峻挑戰。

勉強壓抑自己吐槽的衝動，我決定以「講出好笑的笑話」這一點來分出勝負。

事實勝於雄辯，只要以笑話讓她們笑出來，眼前的鄙視與羞辱，將不再具有意義。

「咳咳咳咳咳……」

我用力清喉嚨，把觀眾們的注意力拉到自己身上。

「從前從前……有一個浪人，因為肚子餓上街買食物，經過一番猶豫後，他買了五粒蘋果與六粒桃子。

「但在回家的路上，他碰見了以前的仇敵。仇敵立刻拔出刀來，說：『終於找到你了，這次俺會以手中的刀，來見證你的實力！』

「浪人聽了卻無動於衷，只是淡淡一笑。最後，他把懷中裝著水果的袋子打開，給仇敵看了內容物──

「『五粒蘋果……六粒桃子，這裡總共有十一粒水果，很可惜，你無法見證我的實力（十粒）了！』。」

「於是，仇敵知難而去。」

「可喜可賀、可喜可樂！」

「完。」

我說完了。

而底下……

雛雪趴在桌上，抱著手臂發抖。

彷彿用盡最後的力氣那樣，雛雪以顫抖的手朝沁芷柔豎起繪圖板。

「雛雪不想被凍死，沁芷柔學姊，我們還是和好吧。」

「嗚嗯……所謂『敵人的敵人就是朋友』便是這麼回事吧？為了阻止柳天雲繼續講笑話，也只好這麼做了。」

「……」

剛剛還在以言語激烈交火的兩名少女，忽然達成奇妙的共識。

雖然達到了勸架的目的，然而看見她們勉為其難的表情與語氣，有種尷尬的感覺油然而生。

……哼。

剛剛那笑話明明很棒啊？這兩個傢伙一定是傲嬌了，像輕小說裡的女主角一樣，明明想要稱讚，卻因為害羞故意唱反調。

沒錯，肯定是這樣的……哈哈哈……哈哈哈哈……

在心裡發出狂笑的同時，我邁步走回座位上。

——但是，在路途中，因為心不在焉的關係，我不小心跌倒了。

以非常難看的姿勢摔倒在地，還沒爬起身，我就能感受到來自前方火辣辣的視線。

「……」

瞬間，我推斷出一切。

被嘲笑→跌倒在地→失去格調→無法成為合格的獨行俠。

……這是堪稱連鎖反應、每個獨行俠都想避免的痛苦絕境。

於是，為了取回格調，讓自身不至於跌落到人生的谷底，在爬起來的同時，我做了緊急處理。

「哼……真是脆弱啊，人類的軀殼。」

我拍去膝蓋上的灰塵。

即興套用昨天寫的輕小說裡的臺詞，我感覺自己的格調上漲了五十個百分點。

「會被區區的B級結界給困住，看來人類的極限也就是這樣了。」

接著，我若無其事地坐回位子上。

盯——

即使不轉頭，也能察覺雛雪跟沁芷柔的視線正盯著我看。

「死要面子呢……學長。」無口人格的雛雪難得開口。

「嗯，真的是死要面子！」沁芷柔也贊同。

「……」

別在這種奇怪的地方也達成共識！

幸好，如同曙光女神般的風鈴，在此刻發言了。

風鈴露出溫柔的笑容，雙手合十，發出由衷的稱讚。

「好厲害！不管陷入多麼惡劣的局面，都堅持保持自己帥氣的一面，不愧是前輩呢。」

好溫柔……得到治癒了！

「嗚嗯……狐媚女，妳這傢伙眼睛瞎了嗎？」

相較於沁芷柔扯起嘴角露出不屑的表情，雛雪則是立刻拿出鋼筆。

「啊！雛雪明白了！原來要這樣才能得到學長的好感度……筆記筆記……」

接著。

接著……「哐啷」一聲，教室的大門忽然被以巨大的力道推開。

桓紫音老師彎著腰出現在門口，並不強壯的她，非常吃力地扛著輝夜姬。

「竟然走幾步路就差點暈倒……身為吾之盟友，汝也背負著千千萬萬黑暗子民的希望，體質怎麼能如此差勁!!給吾好好反省，知道了嗎？輝夜姬！」

「是的……妾身知道錯了……請原諒妾身的失禮。竟然讓身為皇女的桓紫音大人，在走廊上像拾起一顆醬菜石那樣把妾身撿回來，簡直讓妾身感到無地自容。」

輝夜姬以耗盡體力的姿態，將全身的體重伏在桓紫音老師的背上。

儘管模樣狼狽，她的語氣依舊像古代的貴族那樣，非常果斷且充滿高潔感。

「咯咯咯咯……吾也不是不近人情的吸血鬼，既然汝都致歉了，吾就寬宏大量地原諒汝吧！」

「可以嗎？妾身……感激不盡。」

「「「……」」」

我、風鈴、雛雪、沁芷柔沉默地注視著門口的兩人交談。

……好中二。

這兩個傢伙簡直中二到無下限的地步，嗯……這個社團裡，大概沒有人比這兩個傢伙還中二了吧？

然而，很可惜……就算再怎麼安靜，最後還是逃不過吸血鬼皇女的關注。

「零點一！還不來幫吾把輝夜姬搬到座位上！」

桓紫音老師擦去額頭上的汗水，大概剛剛搬人真的很累吧。

「好，開始上課！」

「闇黑眷屬們唷，聽好了！今天的社團課程是——水上樂園!!吾等要利用晶星人的機器，一起進入水上樂園！」

如同字面上的意思，水上樂園就是擁有水上溜滑梯、旋轉水杯、碰碰船等遊樂設施的場所。

如果是幾個月前，可能還會有社員舉手發問：「桓紫音老師，我們不是要修煉輕小說嗎？為什麼要去水上樂園呢？」

但是，換成現在的話，不管做什麼都不會產生任何疑慮。

反正無論如何，都是輕小說修煉的一環，所以我們才能心安理得地去一個又一個新地點玩耍……不，去一個又一個新地點修煉。

接著，桓紫音老師興高采烈地搬出一臺從來沒見過的新機器，並做出最後總結。

「好，那麼事不宜遲——Go、Go、Go！」

在柔和的傳送光芒消失後，我們出現在水上樂園的入口。

那是單純以「巨大」來形容也完全不夠力道的龐然建築。

在上方高空處有可以防水的白色採光罩，寬闊的場地內，沿著彎彎曲曲的道路可以通往各處遊樂設施，放眼望去全是清澈的水浪與載浮載沉的遊客，光是旁觀就有種爽快的清涼感。

當然，既然是水上樂園，裡面的遊客們全部穿著泳裝。

先不提有名的遊樂設施「狂嘯浪鷹」那邊的排隊人潮，甚至連入口收票處都略嫌擁擠。看著眼前的光景，我忍不住感到頭痛。

「所以說……為什麼要設定這麼多遊客出來？不覺得很擠嗎……？」

「呼呼呼……愚昧的零點一啊，吾就大發慈悲告訴汝吧……與朋友一起排隊等候，也是水上樂園的樂趣之一！甚至可以說是必不可免的項目喔！」

排隊算什麼樂趣啊……真是夠了。

抱怨歸抱怨，我們還是排隊入場。

現場入口附近有間泳裝店，大家約定換完泳裝後，在門口的「衝浪小子」雕像處集合。

「啊，這麼多類型……原來泳裝分這麼多種？」

不愧是水上樂園裡的泳裝店，泳裝的款式非常齊全。

挑了一件藍黑色泳褲試穿，大小剛好，於是今天的裝備立刻決定下來。

相較於隨隨便便就做好決定的我，在店裡挑選泳裝的怪人社成員們，則顯得過於認真。

包含桓紫音老師在內，每一名少女都抱著幾乎高出頭頂的的泳裝走進試衣間。

「有得等了……」

仰望著天空，我忍不住發出呻吟聲。

天上的遮罩似乎可以防止紫外線，如同玻璃般的透明度，使人依舊可以看到藍色的晴空。

勉強穿越遮罩的防守、再照到身上的陽光，已經不再熾熱，只剩下些微的暖意。

「好久……」

經歷長久的等待，首先抵達集合點的是雛雪。

「……」

處於無口狀態的雛雪靜靜走到我旁邊。

她穿著純白色的兩截式泳衣，上半身是帶著花邊的低胸小可愛，下半身則是同樣帶著花邊的短裙。被胸部撐起的泳裝前襟，邊緣處可以隱約窺見雪白的側乳。

啊，對了，因為要下水的關係，雛雪沒有帶繪圖板。

由於平常都是用紙筆進行交談，所以缺乏繪圖板的無口雛雪，等於喪失了溝通能力。

不過，如果只評論外表，雛雪大概可以獲得滿分。

兩截式泳裝可謂最誠實的泳裝，人體最容易堆積贅肉的腹部與大腿、將會毫無防備地露出，供所有旁觀者打量。

雛雪纖細的腰肢與漂亮的大腿，是最能恰到好處地發揮女性魅力的比例。

再加上可愛的臉蛋與豐滿的胸部，如果是在美少女遊戲裡的話，足以把各項美少女力衝到 Max 的程度。

「——不是雛雪要說，但沁芷柔學姊真的太過分了！」

「……咦？」

雛雪忽然開口說話，讓我不禁陷入錯愕。

腦袋還沒真正明白「雛雪開口發言」代表的意義，雛雪就氣憤地繼續抱怨。

「剛剛在店裡也嘲笑雛雪！真的是太可惡了!!雛雪的胸部明明就很大!!舉個例子來說，一百個女生裡面，雛雪的罩杯可以贏過九十八個人哦!!

「只是風鈴跟沁芷柔學姊更大而已，就算是這樣，也不能擅自把雛雪劃分到『貧乳』的範圍裡呀！感覺就跟桓紫音老師一樣悲哀，超級～～超級～～悲哀的喔!!」

因為接近我而轉換人格的雛雪，靠在「衝浪小子」的雕像旁，比手畫腳地發出憤怒的宣言。

「……」

我無言地望著雛雪，忍不住心想：「啊，美少女力忽然降到零分了。」

失去氣質的話，其他指數再高也沒有意義了。

「──所以說！」

「啊？」

「──所以說！學長是怎麼想的，雛雪想要知道這點！」

「……」

「不要沉默，雛雪想聽實話！」

握著小小的拳頭湊到我面前，雛雪的表情看起來格外認真。

嗯……

那就坦白告訴她吧！

「坦白說，我認為妳的美少女力已經降到零分了。」

「嗚啊啊啊啊啊啊啊啊啊────!!零分是怎麼回事！」

學長已經不愛雛雪了嗎？在盡情使用完肉體之後就想拋棄雛雪了嗎!?好過分，學長比沁芷柔學姊還過分一百倍!!心靈受傷了，嗚嗚……雛雪已經痛苦到站不起來了哦！」

發出吸引路人注目的崩潰大叫聲，雛雪蹲了下來，雙手掩面裝作哭泣的樣子。

「……」我抓了抓頭。

……不是妳說想知道感想的嗎？簡直是無理取鬧。

正在考慮該怎麼處理眼前的情況，因為水上樂園裡遊客很多，有不少路人駐足觀看，並發出足以讓我們聽見的議論聲。

「……小秀你看，玩弄女孩子的感情之後再狠心拋棄，真的有那種人渣呢。」

一對年輕情侶指著我們，女生對男生說。

「不，稱之為人渣怎麼夠呢？我覺得『雜碎』這詞彙比較適合這傢伙。」

男生也露出鄙視的嘴臉。

……

「——!!」

幸好，就在最危急的時刻，救星們登場了。

桓紫音老師帶著怪人社成員們從泳裝店裡一起走出，抵達了集合地點。

「唷！零點一，吾等降臨了！」

「前、前輩，讓您久等了！不好意思！」

「哼……柳天雲，僅限今天哦，就算看著本小姐的泳裝流口水，我也會寬宏大量地原諒你。」

然而，這些怪人社成員的開場白，讓旁觀者的眼神更加冰冷。

大概……在他們的眼裡，我與蛆蟲的地位不相上下。

議論紛紛。

「帶著三個女人……難怪那個藍頭髮的女孩會哭泣……」

「真不敢相信，竟然會有這種人!!」

「真想看看他父母長什麼模樣……竟然會教出這種道德敗壞的混球……」

議論紛紛。

議論紛紛。

「啊哈哈哈哈，真受歡迎呢，吾之眷屬！」

桓紫音大力拍著我的背部，發出聽起來相當刺耳的爽朗笑聲。

在看見大家抵達之後，雛雪吐了吐舌頭，從地上站起來，露出詭計得逞的狡猾微笑。

「……」

在多管閒事的路人終於散去後，桓紫音老師開始點名。

「零點一……首席黑暗騎士……闇黑乳牛……闇黑小畫家……啊，還缺輝夜姬！」

輝夜姬換衣服的速度似乎特別慢。

在虛擬世界裡，輝夜姬的身體是十分健康的，不用擔心體力問題。

那麼……究竟為什麼會這麼慢呢？

沒有人知道答案。

總之，在等待的時候，眾人開始閒聊。

聊天的途中，桓紫音老師不停打量大家，從雛雪到風鈴、再到沁芷柔，用審視的目光仔細觀察。

「咯咯咯咯咯……呵呵呵呵呵……哈哈哈哈哈哈哈哈……」

接著，她忽然發出詭異的笑聲。

「終於被吾……等到這一天了嗎？」

桓紫音老師雙手舉高，擺出萬歲的姿勢朝向天空。

「說實話，就連三萬三千年前，吾第一次能抗拒陽光……在太陽下行走的那一刻，也沒有這麼激動過……」

她繼續自顧自地添加設定，並自顧自地說話。

終於，以感嘆的語氣，桓紫音老師做出結論。

「在今天，吾……終於得到了夥伴啊……不必因為身材比學生差而獨自承受嘲笑。輝夜姬哦！不愧是月之一族的傳人，只有汝……能夠真正理解吾的痛楚……」

啊，原來如此。

雖然桓紫音老師一直假裝不在意身材問題，可是在上圍豐滿的雛雪、風鈴、沁芷柔面前，難免還是會介意。

尤其身處這些人的包圍中，更凸顯桓紫音老師的劣勢。

然而，然而……現在情況已經不一樣了。

在過去，獨自承受貧乳惡名嘲笑的桓紫音老師，終於獲得了可以同甘共苦的夥伴——輝夜姬。

不過，以扭曲表情喃喃自語的桓紫音老師，完全浪費了那標致的容顏。

「咯咯咯咯咯……看外觀來推斷，輝夜姬那傢伙肯定比吾更小……呵呵呵呵呵……吾不再獨自墊底了，這是屬於吾的勝利！」

喂喂，妳心中的邪惡思想都說出來了喔！

就在這時，靠著雕像休息的我們，身後響起輝夜姬的聲音。

「……不好意思，妾身來遲了。」

「這聲音……唷，這不是吾之盟友嗎——歡……」

桓紫音老師滿臉笑容地轉過身。

接著，她臉上的笑容就像被「詛咒草人」石化了一樣，瞬間凝結。

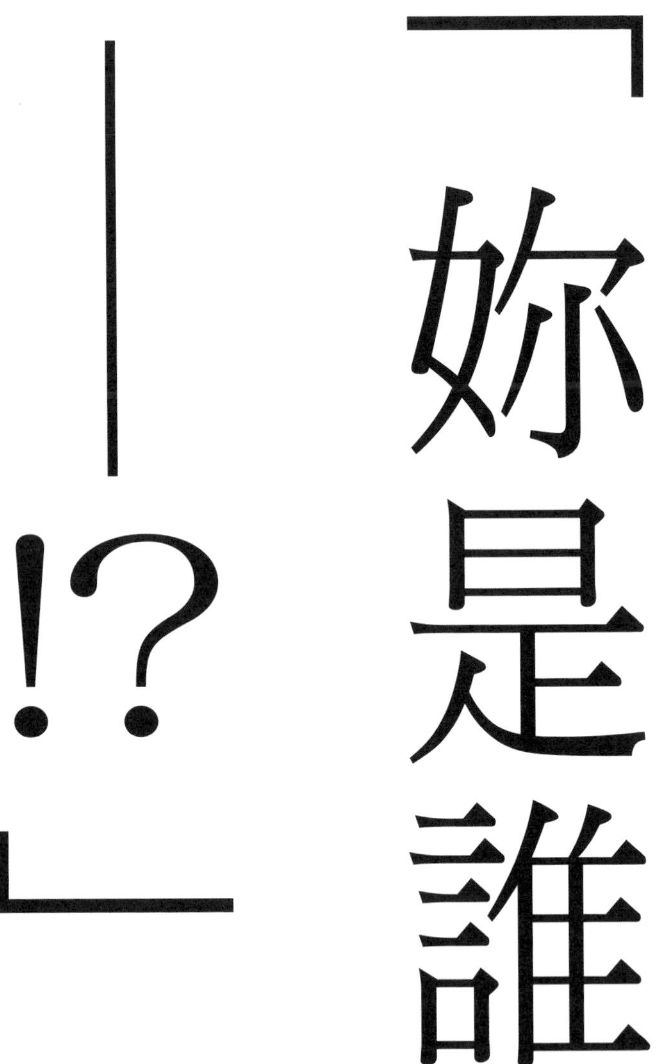
「妳是誰——!?」

甚至連吾、汝的稱呼都忘了使用，桓紫音老師在不斷的後退中，發出淒厲的慘叫聲。

就像心臟被最信任的人狠狠捅了一刀那樣，那聲音中充滿了無法置信。

輝夜姬一愣，但還是含蓄地點頭回應：「妾身是輝夜姬。」

輝夜姬穿著深藍色的連身泳裝，背後飄浮著藍色彩帶。失去了寬大的和服遮掩，她的身材曲線完全暴露出來。

整體而言，輝夜姬十分纖細嬌小，身材比一般少女還要縮小一號。她滑嫩的肌膚反映著微光，肌膚充滿幼女特有的白嫩水感，屬於混到小學生裡也不會被察覺的完美蘿莉。

但是，她的胸部卻超乎想像的豐滿。

單純比較大小的話，確實輸給怪人社其他少女。不過如果連身形比例也一起計算，那輝夜姬的乳量可以說是相當驚人。

「背叛者——叛徒!!」

撇除一旁不斷慘叫的桓紫音老師，我忽然想起之前輝夜姬說過的話：

「有關這個，請容許妾身解釋。妾身認為刻意炫耀自己的身材是很失禮的事，所以是有裹纏胸布的，如果解開的話，想必柳天雲大人會滿意。」

竟然不是隨口說說的啊……身材真的很好。

尤其因為身高的緣故，比起怪人社其他少女，更有一份異樣的美感。

「吾要以吸血鬼皇女之名——殲滅汝！異端的走狗，叛徒，騙子——!!心靈之友什麼的都是騙人的——!!」

失去理智的桓紫音老師，就像EVA初號機暴走一樣恐怖。

有鑑於桓紫音老師的情況，我們只好暫時分開行動。

大家分開了。

我帶著輝夜姬，怪人社其他成員帶著桓紫音老師，分成兩團行動。

之所以會這麼配置，是因為輝夜姬需要人帶領、保護。如果桓紫音老師不失控的話，她會是最合適的人選，但現在情況恰好相反，只能由我出場。

「柳天雲大人，來到這種地方還要勞煩您，真是不好意思。」

輝夜姬緊跟在我後面。

「我是無所謂啦……但桓紫音老師那邊，之後妳可要好好緩和關係喔。」

我搔著臉頰，向輝夜姬提出建議。

「實話實說，妾身不知道自己哪裡犯了錯……可是既然桓紫音大人這麼介意，那妾身之後會去好好道歉。」

道歉啊……總覺得事情很微妙呢。

如果說出「啊，對不起，我胸部太大了」這種話，恐怕初號機會產生進化吧。

不過，其實輝夜姬與桓紫音老師有一點很相似——那就是令人安心的領袖氣質。

就算在小事上會猶疑不決，但遇上真正重要的事，只要跟在她們身後前進，必定能邁向勝利的彼岸吧。

居於城堡裡的A高中的學生們，肯定是如此相信。

C高中的學生們……也是如此。

然而，如果有一天，兩間學校被迫要對決時，我們與輝夜姬真正成了敵人，現實會變成什麼模樣呢……？

我不願多想。

至少在A、C兩所高中締結起「互不侵犯條約」的同盟期間，我們雙方都是利害關係一致的。

在這關係結束前，我們可以與輝夜姬成為朋友。

可是，簡單明瞭的「仇敵、朋友」這種二分法，隨著時間逐漸過去……雙方的情誼逐漸深厚，最後會產生什麼變化，誰也不清楚。

至少，現在的我們明白一點，那就是：輝夜姬是個好人。

在寫作之道上，擁有自己的堅持——秉持著「大義之道」。那是連我都不得不佩服的艱辛道路，以輝夜姬的身體狀態要走在那條路上，想必更加艱辛。

原本差點成為小混混的飛羽，會被輝夜姬折服，也是因為感受到那動人心魄的

「大義之道」吧？

一邊思考，我們走到「風浪海盜船」的隊伍最末端排隊。

這時候，輝夜姬忽然出聲呼喚我。

「柳天雲大人……」

「妾身曾經聽棋聖說過……您的寫作道路……是『本心之道』。」

我點頭回答是。

雖然與周圍的歡樂氣氛相比，輝夜姬此時提出的話語有些違和，但是她獨特的靜謐氣質，悄悄化解了那份怪異。

輝夜姬靜靜地問：「那是一條什麼樣的道路呢？」

我想了想，才做出回答。

「……維持本心，不忘初衷，這就是本心之道。」

輝夜姬點點頭，表示她理解了。

「那麼，您的本心是什麼呢？您是為什麼而寫作的呢？」

「……」

我是為什麼而寫作的？

幾乎是下意識，我就要脫口而出「晨曦」這個名字。

晨曦就是風鈴。

但是在話語即將衝口而出的一瞬間，我的腦海忽然一陣刺痛，接著那個死前的

「我」所發出的呼喊聲……還有承載人工智慧九千九百九十九號那臺機器的漆黑螢幕……忽然全部混合在一起，化為了血紅色，嶄新的場景出現在我的眼前。

「……!!」

那血紅色的幻覺畫面忽然轉變，我看見一棵非常巨大的櫻花樹。

櫻花樹矗立在一個巨大的庭園中，朝天空延伸的枝枒處處盛開，粉紅色的花瓣在地上鋪成了地毯。

在奇異的幻覺中，我聽見了斷斷續續的聲音。

「樹……先生……花……開……」

……

幻境消失了。

但是，隨後湧上的是腦袋裂開般的疼痛。

超乎想像的神經疼痛在腦海裡蔓延開來，一直擴散到全身。

「嗚……」

劇烈的痛苦，讓我忍不住彎下腰，整張臉皺在一起。

幸好，那疼痛消失的速度很快，幾秒鐘之後我就恢復正常。

茫然。

不解。

從對決A高中之後，我身上就發生許多連我自己也無法理解的事。

不管是那個死前的「我」，或是人工智慧九千九百九十九號，又或者突兀地出現的幻覺與夢境……都讓我感到不知所措。

我不明白。

但是，我隱隱約約覺得，這些事情都有所聯繫，共同串聯起一件很重要很重要的事。

「柳天雲大人？」

輝夜姬溫柔的聲音，將我從沉思中驚醒。

似乎察覺到我的異常，輝夜姬不再追問有關我的事。

「風浪海盜船」帶起的水珠，有幾滴濺到了輝夜姬的臉上，晶瑩剔透的肌膚與水珠相互輝映，更增添她的美貌。

露出溫和的微笑，輝夜姬開始敘述自己的事。

「妾身……多年以來，秉持著『大義之道』，不斷前行……前行，一直走到今天。

「拖著這樣的身體，與無止無盡的寫作真理進行戰鬥，試圖取得更好的成績。

「妾身所認為的大義，就是守護己身的信念。

「——不違背承諾，此謂信念。

「——不欺騙他人，這是信念。

「——保護追隨自己的人，也是信念。

「——即使未來可能會成為仇敵，只要此刻互為友人，亦付出真心相待，同樣也是信念。

「與小飛羽只對單一目標的『守護之道』並不相同，妾身明明如此脆弱，卻固執地想要守護一切。但是……

「但是，妾身必須固執，這點妾身不會讓步。

「只要信念不滅，大義也就不滅……為了守護大義，為了守護想守護的一切，即使以生命做為代價，妾身也必須贏得這場戰爭最終的勝利。」

……

太正直了，輝夜姬這個人。

彷彿散發著神聖的光輝，她就是這樣子的人。

對未來可能會成為強敵的我坦承以告，不管是她的弱點……還是信念，抑或寫作之道的終點，絲毫不加隱瞞，一切就只是為了虛無縹緲的「友人」兩字。

根深柢固地相信我們不會背叛。

明明A高中已經失去了幾乎所有的道具，我們如果違背盟約，一旦越過了飛羽這道城牆，那無法使出全力寫作的輝夜姬，就是任由宰割、只能閉目等死的城中大名。

……耀眼。

這樣子的情懷與作風，對於一度墮落至黑暗中、封筆了兩年的我來說……太過耀眼。

自始至終沒有放棄，即使面臨無數困境也未曾喊苦，這樣子的輝夜姬……在寫作之道的心態上，已經遙遙領先我不知道多遠。

她的強，並非偶然。

能在自己的寫作之道上走到極致的輕小說家，註定會是登峰造極的強者。

過往的苦楚被輝夜姬散發的光芒所刺痛，像是想要尋求答案、試圖辯倒對方進行垂死掙扎那樣，我不禁發出疑問。

「……妳不怕嗎？妳相信我們不會背叛吧？C高中如果背叛妳，妳的信念就垮了。」

「……呵呵。」

輝夜姬做出想要用袖子掩住嘴巴輕笑的動作，但她現在穿著泳裝，所以無法做到。

「妾身……在親眼見證過後，確信怪人社的大家不會是那樣的人。文如其人，輕小說家筆下的文章，可以反映出作者的性格與思想……雖然相處的時間還短，但是妾身可以看出怪人社裡……每個人內心的想法，都嚮往著光明面……」

輝夜姬忽然抓住了我的手掌。

她的手又軟又小，帶著些微冰涼的觸感。

「柳天雲大人，您的文章裡充滿了情感，堅定著自身的道路。坦白說，妾身覺得這樣的男人非常帥氣，以『英姿颯爽』來形容也不為過。很溫暖……妾身可以察覺……您心中的情感，比手上的溫度，還要溫暖百倍。

「所以了，尤其是您，是絕對——絕對不會背叛妾身的。」

「……」

我沉默。

「風浪海盜船」的排隊人潮逐漸縮短，眼看就要輪到我們。

在最後的最後，輝夜姬朝我伸出右手小指，露出溫柔的笑容。

「如果柳天雲大人會擔心的話，我們也來打勾勾。」

我伸出小指。

輝夜姬依舊微笑，搖晃著我們雙方的手指，再次唱起之前的童謠：

「打勾勾～～說謊的話就要吞一千根針～～約定好囉～～!!

「打勾勾～～騙人的話就要吞一千根針～～約定好囉～～!!

「打勾勾～～違約的話就要吞一千根針～～約定好囉～～!!」

清脆悅耳的歌聲不斷迴盪……

不斷迴盪……

迴盪……

迴盪到了夢境中。

水上樂園活動結束的當晚，返回現實中的我，作了一個夢。

這似乎是過往夢境的延續——

「打勾勾～～說謊的話就要吞一千根針～～約定好囉～～!!

「打勾勾～～騙人的話就要吞一千根針～～約定好囉～～!!

「打勾勾～～違約的話就要吞一千根針～～約定好囉～～!!」

之前我曾經作過一個夢，夢裡……有一個看不見臉孔的少年，他有著孤寂的背影，獨自走在巨大的城堡中。

城堡內，火光沖天，滿地都是鮮血，雖然周遭沒有半具屍體，但那景象宛如地獄。

他的嗓音沙啞，話語蘊含心死神傷的淒厲感，讓人不寒而慄。

「假的……假的……一切都是假的……」

少年登上城堡的五樓，經過一柄折斷的騎士佩劍。那顏色……與飛羽平常身上穿的衣服基色，一模一樣。

「命運如果要阻我……我就斬斷命運……

「蒼天若是想欺我……我就踏破這天!!
「我需要更強的實力……更強……更強……強到無人可擋！」
維持瘋子的大笑，少年就像從地獄中爬出的惡鬼，不斷沿著已經空無一人的鮮血之地往上攀爬。
「不管代價再怎麼高昂，只要能換取復活妳的力量……即使身化寫作之鬼也無所謂……」
明明在不斷大笑，那笑聲中透出的卻是濃厚的悲哀。
「哪怕是連自己的本心之道都捨棄了……也無妨……我什麼都不要……只要妳活過來……」
最後的最後……少年走到了城堡的最頂端，那塔尖之處。
塔尖之處……有一扇緊閉的房間。那裡面似乎有人居住，門板上繪著月亮的圖案。
少年站在房間前，不斷流下眼淚。
淚裡……帶著血，染紅了地面，染紅了少年腳踏的世界。
與此同時，從風聲中帶來了彷彿來自極遙遠、極遙遠處的歌聲，那歌聲彷彿不屬於這世界，而是來自過去的回憶中。
「打勾勾～～說謊的話就要吞一千根針～～約定好囉～～!!
「打勾勾～～騙人的話就要吞一千根針～～約定好囉～～!!

「打勾勾～～違約的話就要吞一千根針～～約定好囉～～!!」

飽受內心煎熬的少年，發出充滿悲傷與痛苦的嘶喊。

……之前的夢境似乎到這邊就停了。

然而，這一次……夢境延續了下去。

不斷淌下血淚的少年站起，接著伸手往房門推去——

只是，還沒等他的指尖觸碰到門板，門內就響起一道溫柔的聲音。

「……為什麼？」

簡短的三個字，卻滿懷關切。

即使到了這個地步，門內的聲音也沒有絲毫責怪，只是單純地想要瞭解少年的心態變化。

「……大人。」

輝夜姬似乎呼喚了對方的名字，但我聽不清，只聽見結尾的「大人」兩字。

「您不惜趕盡殺絕……捨棄自身的回憶，斬除過往的信念，也要走到妾身的面前，究竟是為了什麼？」

少年沉默良久。

最終，帶著濃厚的愧疚之情，他以嘶啞的嗓音，做出了回覆。

「我只是想要……她活過來……」

夢境再次結束。

但是……從夢中醒轉的我，跟上次一樣，幾乎沒有留下任何記憶。

血與火，這是夢境中唯一殘存的模糊倒影。

「血與火……夢境裡的東西……令我感到恐懼……不願意去面對……

「我……到底遺忘了什麼……

「詭異的夢境……九千九百九十九號……晶星人……晨曦……還有幻覺中曾出現的那一句『樹先生』……這一切的一切，究竟有什麼聯繫……」

在伸手不見五指的黑暗中，我的思緒不斷下沉，抵達內心最深處。

但是，即使在那裡，也依舊一無所有。

我找不到答案。

……

「不，或許……不是找不到答案……」

黑暗像一隻惡魔的大手，緊緊攫住了我的心臟。

「而是……我害怕找到答案……」

第三話　沒路用的輕小說作家

真正強大的獨行俠，是不會感到寂寞的。

獨行俠……或者說，人。

人之所以會寂寞，是因為尚未遺忘曾經的美好，將多餘的期待堆砌而起，最後才會壓垮自身。

「你對我好、我就會對你好」不過是世人一廂情願的理論，越是相信對方，失去利用價值被拋棄時……所受的傷也越重。

所以。

所以，如果人與人之間，終究要成為「背叛方與被背叛方」，不如徹底隔絕情感交流……沒有希冀，也就不受傷害。

追求己身的強大，在有限的人生裡，尋找無限的意義——這就是獨行俠的處世之道。

——但是，在進入怪人社之後，隨著一個又一個身影走入我的心房，成為支持我的後盾，我早已不是純粹的獨行俠。

在得到幸福的同時，也會遭受寂寞所侵蝕，這就是平凡人的宿命。

「啊，已經到這個季節了嗎……」

張開手指，感受著季節變幻之際、混合著青草與泥土氣味的微風，我瞇起眼睛。

再有一陣子，春天的腳步就會來臨。

現在已經是一月多了……

距離去年夏季晶星人降臨，已經過去半年時間。

在與A高中簽訂同盟條約後，六校之間的模擬戰似乎漸漸緩和下來。那之後又過去了好多日子，在頻繁的寫作修煉中，時間飛速流逝。

我們沒有進攻A高中，下位的高中也沒辦法對我們造成威脅，因此C高中始終排名第三。

「不過，我現在有多強呢……」

照著熟悉的路徑，走向熟悉的社團教室，我已經很習慣這樣子的生活。

「如果封筆前……全盛時期的我，實力是一百，那我現在有多厲害？五十？六十？」

坦白說，我不清楚。

在這種激烈競爭的制度下，只有真正生死懸於一線的比賽，才能夠試探出彼此的實力。

過去這段時間，隨著與人工智慧九千九百九十九號不斷接觸，她的智慧也越來越高，但是我們之間的溝通始終處於聊天階段。

至今我仍舊不明白，為什麼初次與她見面時，靈魂深處會產生震顫。

這段期間內，惡夢也時不時在深夜出現，可是醒轉之後，記憶裡，往往只剩下血與火的模糊殘影。

血與火……嗎？

「……」

走著走著，怪人社到了。

打開教室大門後，首先映入眼簾的不是課桌椅與講桌，而是一片長滿大樹的寬廣草地。

視線順著草地延伸出去，可以看見旁邊有一個圓形的青石廣場，在廣場的正中間有一個小小的噴水池。陽光照射在噴水池上，映射出耀眼的波光。

嗯，似乎是類似公園的地方。

雖然怪人社變成了公園，但我並不驚訝。

「這些傢伙……又隨便使用晶星人的道具了嗎？」

鄰近廣場的某棵大樹下，此刻有人朝我用力揮手。

「前輩——前輩——在這裡唷——我們在這裡——」

由於雙方距離遙遠，風鈴只能用大喊的方式與我對話。

在風鈴的旁邊，橘黃色的野餐布上坐滿了怪人社的成員。

輝夜姬跟桓紫音老師在喝茶，雛雪坐著畫畫，沁芷柔似乎在玩PSV的文字方塊。

接著，風鈴跨越草坪，朝我這邊跑來。

「呼……呼……」

過了不久，風鈴在我面前停下。

即使氣喘吁吁，她依舊對我展露出燦爛的笑顏。

「歡迎回來，前輩！」

「啊……我回來了。」

我下意識回以相應的句子。

風鈴指的「歡迎回來」，當然是指返回怪人社……不過，在話出口的瞬間，我也意識到這句話相當容易引人誤會。

……就好像妻子在歡迎丈夫回家一樣。在傳統社會裡，丈夫回家時，往往都會在玄關聽到這句話。

嗯……我的想像力有時候還真多餘呢。

「欸？前、前輩是說像妻、妻子歡迎丈夫一樣嗎？那、那個……」

「呃!?」

糟糕，無意中把內心話說出口了嗎？

滿臉通紅的風鈴將視線轉開，十指扣在胸前，不安地互相交纏。

然而，過了片刻之後，像是下定某種決心一樣，她終於以看起來充滿膽怯的表情，開口說話。

「那個……如果前輩喜歡這句話，風鈴會永遠這麼迎接前輩。啊、那個……風、風鈴沒有別的意思喔！並、並不是已經在妄想跟前輩結婚什麼的……」

她的臉紅到讓我也產生了尷尬，只能抓抓後腦試圖緩解氣氛。

「啊哈哈哈哈，別太在意啦，我也只是心裡想想……」

「咦……？前輩想像了嗎？風、風鈴……那個……」

糟糕、糟糕、糟糕、糟糕、糟糕、糟糕，又不小心自爆了！

總而言之，先蒙混過關吧。

我轉向怪人社其他成員的方向。

「那個……我們快點過去吧！大家都在等我們呢。」

「嗯……嗯嗯！是的！」

風鈴慌張地點頭。

……氣氛尷尬到好想死。

在路過草地的途中，一分鐘很快過去。

我跟風鈴的視線一直不敢對上，都在假裝剛剛的話題沒有發生過。

又過了一會，風鈴忽然對我說：「前輩……今天社團的上課內容是『體驗野餐』，所以野餐盒裡有大家準備的食物，例如飯糰跟壽司……」

「哦，這樣啊，正好我也有點餓了。」

「不，那個……桓紫音老師等一下肯定會問：『闇黑眷屬唷！汝是飯糰派還是壽司派的？』這時候千萬不能回答『壽司派』，不然會發生很可怕、很可怕的事……只有回答『飯糰派』才能安全過關唷！千萬要記住！」

……究竟有多可怕，從風鈴臉上的陰影可以稍微猜測。

哼……不過既然已經事先知道解答，那我當然可以從容避開陷阱，從勝利者的角度來看待題目本身。

先對風鈴充分表達感謝之意，我們終於抵達怪人社的野餐地點。

大家圍繞著野餐盒盤坐，各自做著自己的事……這大概就是「體驗野餐」的宗旨吧？悠閒的野餐才是好野餐。

或許是為了避免受潮，野餐盒現在是蓋起來的。

我脫掉鞋子，坐在沁芷柔對面。

但是，我才剛坐下，桓紫音老師的聲音就立刻響起。

「闇黑眷屬唷——在闇黑天幕的見證下，吾欲以吸血鬼皇女的真身，以及闇・維希爾特・玫瑰之族名詢問汝——」

一邊念誦長到不行的中二臺詞，桓紫音老師把野餐盒的蓋子打開。

「——吾問汝，汝是壽司派還是壽司派的？」

……

「啊？」

我低頭看向野餐盒，發現裡面只有壽司。

飯糰似乎已經被拿光了。

「——吾問汝，汝是壽司派還是壽司派的？」

桓紫音老師追問。

「……」

——這不是根本沒得選嗎！給點逃生機會啊混蛋!!

輝夜姬雙手捧著飯糰小口小口吃著。

「……也就是說，由於妾身拿走最後一顆飯糰，導致柳天雲大人陷入難以抉擇的困境？如果是這樣的話，那還真是失禮了。」

輝夜姬富有教養的言行，讓人無法產生抱怨的情緒。

再加上她一副「如果柳天雲大人還介意的話，妾身也只好鄭重以土下座表達歉意」的態度，更使人不忍心趁勝追擊。

……算了。

說到底，會給出「——吾問汝，汝是壽司派還是壽司派的」這種問題的人才奇怪吧。

大口吃完壽司填飽肚子，又喝了一杯茶，這時候沁芷柔忽然發出懊惱的叫聲。

「啊～～煩死了，這關怎麼這麼難啊，明明只差一點了!!」

專注玩文字方塊的沁芷柔，PSV的按鍵被她按得答答作響。從螢幕上方的紀錄看來，她已經在第七關失敗了五次。

文字方塊是PSV裡的一款小遊戲，全名是「闇黑真龍破．成語文字方塊」。

在空格裡輸入正確的詞，拼填出正確的成語，就可以拿到相應的方塊。只要方塊消除滿一百列，就可以集氣使出超強的大絕招，對最終魔王「闇黑真龍」使出必殺一擊。

順帶一提，沁芷柔之所以會開始玩這個遊戲，是因為桓紫音老師曾經說過這樣的話：

「……哼，竟然連黑暗之力都無法領悟。算了，反正汝就是會在『〇肉〇食』的成語填空題裡、填入『燒肉定食』做為答案的胸大無腦類型吧，會做出這種舉動也是可以理解的事。」

那之後，雖然表面上自稱不在意，實際上卻非常在意的沁芷柔，不知道從哪裡弄來了一臺PSV，開始她的洗刷汙名之旅。

「……」

這時，桓紫音老師手腳並用地爬過餐巾，從背後偷偷看沁芷柔的遊戲螢幕。

剛好沁芷柔因為苦惱而仔細推敲，嘴裡輕聲喃喃自語。

「唔嗯……肉○凡○……這題的答案是……」

「乳牛，答案是燒肉定食喔。」

「燒肉……」

——!!

沁芷柔在第一個空格裡輸入「燒」這個字後，反應過來氣得大叫。

「哇!!什麼啦，根本對不上好嗎!!嗚咿——!!氣死我了！妳不要一直過來干擾我啦，煩死了、煩死了！」

「咯咯咯咯……因為這點小事就止步不前，看來汝黑暗之力的修煉還遠遠不夠！」

「總之走開啦！人家都不能好好思考了！」

「……哼，真是一頭不知感激的乳牛，吸血鬼皇女的恩寵可是很寶貴的。」

終於，桓紫音老師坐回輝夜姬隔壁喝茶。

因為好奇「闇黑真龍破・成語文字方塊」這遊戲，所以我也靠近沁芷柔，坐在後面看她解題。

不過沁芷柔始終在同一個題目上遲遲沒有進展，眼看時限就要到了，我忍不住出聲提醒。

「解答是『肉眼凡胎』哦。」

「咦？是嗎？」

沁芷柔輸入答案，隨著得到新的方塊，螢幕上頓時亮起大大的通關標誌。

接著古代兵器「煉獄無雙終極魔導砲．EX」開始集氣，從砲口發出眩目的光芒，隨著驚人的音效聲，噴射出超強的必殺一擊。

「哇啊吼～～」發出奇怪的叫聲後，第七關的 Boss 闇黑真龍倒下了。

「過、過關了耶！」

專心在玩遊戲的沁芷柔，發出驚喜的歡呼聲。

「嗯，過關了。」

我附議。

「……？」

正打算進入第八關的沁芷柔，先是陷入片刻停頓。

接著，她像是發現什麼地方不對，用很快的速度轉頭，立刻看見了我。

「……!!柳、柳、柳天雲？原來你在喔！」

理解對方的意思後，我感到嘴角略微抽搐。

——別擅自把同伴當作空氣無視掉好嗎！好歹剛剛也幫妳過了一關耶！

但是，她驚訝的表情絕非作偽。

成語也是寫作的實用技能之一。只有同為作者的人能夠明白：究竟要有多大的熱情與喜愛，才能如此專注地陷入寫作的世界。

如果比較對寫作的熱愛與認真程度，沁芷柔大概不會輸給任何人。

「哼，這種程度的關卡，本小姐自己來其實也可以！」

一邊說著這樣的話，沁芷柔撇過頭去。可是過了一下，她似乎又覺得有點過意不去，用眼角餘光偷偷觀察我。

「不、不過，你幫助了我也是事實……那個……總之謝、謝謝。」

不單語氣極為猶豫，沁芷柔說話的音量也越來越小。

「……」

她忽然軟化的態度倒是超乎意料，甚至可以說令人詫異。

大概是察覺我的表情不對，沁芷柔白皙的臉孔忽然染上紅暈，像是想要抵銷自己剛剛的軟弱那樣，語氣變得加倍凶狠。

「你、你可不要誤會了喔！本小姐的座右銘是有恩必報，就算是小小的恩惠也不會輕易放過，絕、絕對不是佩服你喔！」

我點點頭。

「嗚……!!」

對於我無動於衷的態度，沁芷柔似乎很介意。

發出不甘心的嗚嗚聲，她整個人縮了起來，把臉埋進大腿之間。

「……」

處理得不夠恰當嗎？

懷抱著納悶的心情，我又開始吃起壽司。

雖然在進行某些活動時氣氛相當愉快，不過如果輕小說撰寫出了差錯，依舊會受到桓紫音老師的嚴厲譴責。

像是野餐結束的幾天後。

當天怪人社要進行臨堂小考，以桓紫音老師出的題目來寫短篇輕小說。

「聽好了，吾苦思八萬七千年之後，決定今天的題目是——《棒球》!!」

棒球？

運動類型的輕小說，倒是很罕見。

於是我們分頭進行寫作。

「嗯……」

桓紫音老師的手指在桌上不斷敲擊。

「哼……」

一邊翻看我們交出的作品，她的眉頭緊緊皺起。

「搞什麼啊……」

單聽語氣，就可以察覺老師的不滿正在迅速聚集。

最後，她隨手將我們的稿紙拋開。迎著窗外吹進的風，稿紙「嘩啦啦」地在空中四處飛舞。

「零點一、乳牛、首席黑暗騎士，汝等究竟在寫什麼東西啊？明明題目是《棒球》不是嗎!?為什麼內容都跟棒球沒什麼關聯？

「主角雖然是棒球社的社員，可是完全沒有進行社團活動！以『主角是棒球社的社員』如此淺薄又空洞的理由，就擅自把這部作品分類到『棒球』輕小說裡，完全是不及格……不，零分!!」

零分啊……

很久沒有得到這麼糟糕的評價了。

不過，實話實說，我確實完全不懂棒球。

「零點一！」

「是……是!?」

才剛沉浸在思考當中，桓紫音老師就立刻點名我。

她的表情非常不爽。

「汝對棒球瞭解多少？仔細說出來。」

「呃……把對方的球打出去，分數高的一方就能贏的運動？」

她又轉向風鈴。

「……首席黑暗騎士，那汝呢？瞭解多少？」

「那、那個……擊球時可以打短球的運動？」

「……乳牛，汝呢？」

「盜壘就可以取得優勢的運動。」

「──!!」

聽完我們的回答，桓紫音老師猛然站起。

「不行──!!完全不行啊──!!汝等這些大笨蛋!!」

用極為誇張的姿體動作，桓紫音老師的手臂交錯，在胸前打了一個大X。

對於我們的差勁表現，很明顯桓紫音老師打算痛罵我們一頓。

「搞什麼鬼啊！這幾天一點進步也沒有！就憑這點程度，也想在血淋淋的寫作界生存嗎！那可是比吸血鬼的地盤更恐怖的地方哦，汝等太小看這個世界了！」

桓紫音老師的批評持續了整整五分鐘。

獲得零分評價的我們，也只能低頭聽著教訓。

「尤其是三個人都犯同樣的錯誤，拿了零分，簡直讓吾不敢相信！」

「……別再讓吾失望了，吸血鬼皇女就算再怎麼堅強，也需要得力的手下！」

她越說越生氣，失望的表情也清晰可見。

「……」

本來已經做好長時間挨罵的準備，但是……輝夜姬在這時候忽然站起身。

原本一直在旁邊縫新和服的輝夜姬，以極為從容的態度發言。

「……桓紫音大人，請聽妾身一言。」

「……」

「人的興趣是十分廣泛的，喜歡涉獵的領域也分很多種。沁芷柔大人、風鈴大人、柳天雲大人都是文學系的類型，對於某項運動沒有相當程度的瞭解，也是很正常的事。」

「……」

「他們已經盡了自己最大的努力……付出了所有的心血……這種情況下的作品，絕對不會是零分哦。以心意來說，勇於挑戰不拿手的事物，反而是一百分呢。」

輝夜姬的聲音很寧靜，聽了會讓人感到鎮定與安詳。

「……」

隨著時間過去，桓紫音老師低著頭，皺起的眉毛慢慢鬆開。

她原本憤怒的情緒，似乎正在迅速消退。

……真不可思議。

輝夜姬……彷彿連聲音也帶著穩定人心的力量，如果要用一句話來形容……那就是溫暖的光輝。

經受那光輝照耀，連固執的桓紫音老師，態度也有稍微軟化的跡象。

「嗯……說得也是，其實吾本來也打算下次利用『輕小說虛擬實境機』進行棒球活動的體驗……來增強這些傢伙的見識。不過，棒球這麼有名的活動，他們居然沒有半點瞭解，如果某次比賽中忽然出了類似的體育類題目該怎麼辦……」

師。

嚴厲完全是出自於擔心。

在表現不好時嚴加批評，並不因雙方的交情而放鬆指教，桓紫音就是這樣的老師。

與花言巧語的溫柔相反，她只懂得以如此笨拙的方式，來傳達己身的意志。

——就算會被怨恨或嘲笑，只要對方在未來的某一天，能因為今天的進步而展露笑顏……即使背負惡人的名號也無所謂。

這一切的一切……對於桓紫音老師來說，在那一天來臨時，都將被賦予意義。

只是，那樣的日子，想必會很辛苦吧。

就像當初以魔王的姿態——強勢奪取、統治整所C高中那樣。將所有的惡名歸納於己身，最後默默將勝利的果實與眾人共享。

可以說，桓紫音老師墨黑的羽翼下，有著一顆純白的心。

然而，輝夜姬的發言，改變了現狀。

如同光輝的化身，這番發言照亮了漆黑的羽翼，只要光芒還在，那桓紫音老師的心意就不會被曲解。

這時候，桓紫音老師老師抱著雙臂，忽然笑了：

「咯咯咯咯……不愧是吾之盟友，竟然反過來給吾上了一課啊。」

「能對桓紫音大人提供幫助，妾身……不勝榮幸。」

輝夜姬微微抓起和服下襬，朝桓紫音老師行禮。

接著，在輝夜姬的幫助下，我們重新開始撰寫有關棒球的輕小說，在徹底弄懂規則之後，寫起來果然順利許多。

由小到大，由外到內，仔細把握好輕小說的格局，我、風鈴、沁芷柔三人，把嶄新的的作品交到桓紫音老師桌上。

……老實說，真的很緊張。到底會得到什麼樣的評價呢？

沁芷柔抿著嘴唇，她似乎比我更緊張。風鈴則不安地抓著我的衣角。

怪人社裡迎來難得的靜謐，只聞沙沙的稿紙翻閱聲不斷響起。

「……」

最終，桓紫音老師迅速看完之後，用有點不甘願的語調點頭同意。

「……嘛，勉勉強強過關吧。」

——!!

「「太好了!!」」

無法控制音量的興奮叫聲，同時從沁芷柔與風鈴身上爆發。她們握著彼此的手，又叫又跳，為了得來不易的勝利而歡呼。

我也露出笑容。

啊啊……真的是太好了。

人一旦為了某個目標而努力，即使流過汗水、有過哭泣，可是當閃閃發光的成果在面前誕生時，那股興奮會流遍全身，忍不住渾身顫抖。

「……太好了。」

連雛雪也舉起繪圖板，表達她的感想。

看到我們的舉動，桓紫音老師忍不住搖頭微笑。

「闇黑眷屬唷——別高興得太早，這不過是百道血之試煉中的第一道!!」

最後她還是維持嚴重中二病的習慣，擺出吸血鬼皇女的架子，把很好懂的話說得很難懂。

「呵呵……」

「哈哈哈哈……」

在這一刻，所有人臉上都洋溢著幸福的笑容。

過去我曾經有幾次覺得不對勁，認為「自己這麼幸福，真的可以嗎」？但是在眾人的幸福氛圍感染下，那種想法正逐漸淡化。

一切都變得更好了，怪人社的大家過得越來越快樂，珍惜著相處的每一刻時光。

「……」

可是，就在這時候，我忽然聽見微小的電器聲。

那聲音，很像電視機在開啟時發出的嗡嗚聲。

「？」

我朝聲音的方向看去，發現「轉轉思念君」不知道為什麼，自己主動打開了螢幕。

因為不是主要教材，「轉轉思念君」並不受重視，被隨便堆放在教室的角落，旁邊又有雜物遮掩，所以開啟的情況並沒有引起怪人社其他人注意。

然而。

然而……

我看見了人工智慧九千九百九十九號，那個擁有銀白色長髮的少女，正沉默地注視怪人社的眾人。

與社團教室內歡欣雀躍的情緒相反，九千九百九十九號，原本並不會展現太多感情的她……眼神裡竟然帶上了濃厚的寂寞。

……就好像被人遺棄的小貓或小狗那樣，那是缺乏歸宿的寂寞。

「好，那今天就上到這邊……下課！」

桓紫音老師宣布下課，怪人社這天的活動也就到此為止。

當我要離開教室時，「轉轉思念君」早已關閉了，螢幕恢復原本的空白。

最後一個離開教室的我，在走之前負責關上教室的大門。

室外光線被窗簾所遮蔽，連日光燈也關上的社團教室內，只剩下微弱的光源。

如果沒有仔細看，幾乎看不見任何東西。

「……」

我最後望了靜靜放置在角落的「轉轉思念君」一眼，接著拉上大門。

在大門快速合攏的瞬間，來自外界的光芒迅速收束……消失……

「轉轉思念君」，也跟著被關進黑暗中。

第四話　邊緣女子力改造計畫

之後的某天。

天空中烏雲密布，但又不至於下雨，這是一個涼爽的好天氣。

在社團活動時間之前，我在走廊上遇見了輝夜姬。

輝夜姬拉起和服下襬，對我鞠躬。

「柳天雲大人，妾身有個不情之請。」

「……不情之請？妳是指什麼？」

朝著遠處大海的方向，輝夜姬露出微笑。

她笑起來很好看，像個單純的小孩，眼神裡帶著閃閃發光的期待。

「妾身想要看海，看看這裡的海……與A高中那邊的海，究竟有什麼不同。」

「……海不是都一樣嗎？」

「您有所不知，每一塊海域都是不一樣的。從岸邊土質的變化到海水的溫差，或是原生物種的分布，都有相當程度的差異。就像人類外表看起來相似，但細看還是有很大的差異。」

「這樣啊……我明白了。」

說到這裡，我忽然想起一件事。

於是我問輝夜姬：「看海只是小事吧？為什麼妳會以『不情之請』來形容呢？」

「……妾身，那個……」輝夜姬吞吞吐吐地道：「那個……以妾身的體力走不到海邊，所以要請您背我去。」

「……」

原來如此。

我同意了輝夜姬的請求。

接著，我彎下腰，等待輝夜姬爬到背上。

「還是太高了，妾身爬不上去，請不要高估妾身的運動能力。」

「……」我趕緊蹲下。

輝夜姬很輕。

即使背負她的重量，對於步行速度並沒有多少影響。

「妾身會很重嗎？」

「……還好。」

面對輝夜姬的詢問，我並不想回答實話。

因為，總覺得對女孩子說「很輕」是一種讚譽，而稱讚別人並不是獨行俠的作風。

保持微妙的距離，對旁人既不生疏也不親近，不激怒對方也不討好對方，站在客觀的角度來審視一切，這才是明哲保身之道。

假如一個人可以活七十年，換算成天數就是兩萬多天。

哼……這麼一來，我今天這兩萬多分之一的人生，也沒有半點破綻。

但是。

但是，對於我「……還好」的發言，輝夜姬卻有不同的看法。

「啊、您果然是風月老手呢，這麼會說話。」

「妳是從哪裡得出這個結論的！」

我嚇了一跳，音量忍不住提高。

「您剛剛不是說了『還好』嗎？妾身被勾動了思緒，開始對您有點心動了喔。」

「……開玩笑的吧？」

「呵呵……當然是開玩笑的。妾身只是看您有點僵硬，想幫助您放鬆。」

「……」

善解人意也要有個限度。

純潔無瑕的輝夜姬，身上散發出的光輝，讓我有點無所適從。就像居於地底的生物遭受陽光照射那樣，下意識想要避開。

輝夜姬沒辦法被日光照射，卻比任何人都要更像太陽，無私、平等地給予其他人溫暖。

而風鈴像柔和的月亮，與輝夜姬分別擁有不同形式的溫柔。

但是這兩名少女有個共通點，那就是光。

她們都代表著光芒。或許可以在某一天，成為某個人的救贖。

「……」

大海越來越近了，已經能聞到岸邊特有的潮溼味道。

輝夜姬將身體前傾壓在我的背上。女孩子身體的柔軟感，與我的背部肌肉觸碰時，回饋的感受相當明顯。

尤其是胸部。就算纏著裹胸布，依舊能充分感受到彈性。

「……大嗎？」

「……!!」

我又被嚇了一跳。

剛剛那句簡直是雛雪的標準臺詞。

不過，輝夜姬很快做出解釋。

「請原諒妾身的無禮，可是剛剛那句話是雛雪大人不停叮嚀、堅持要妾身在柳天雲大人背上時說出的話。妾身沒辦法拒絕，因為雛雪大人畫了一幅很好看的素描給妾身。」

雛雪那傢伙……

「除此之外，雛雪大人還教導妾身：『吶、吶，最情色的詞彙就是吞吞吐吐唷～～』這樣的話。」

為了不讓輝夜姬被汙染，我趕緊替她做心理建設。

「別被那傢伙帶壞了！以後絕對不能單獨靠近她，知道了嗎？」

雖然以神話人物自居的輝夜姬本來就是怪人，不過如果又被雛雪傳染奇怪的屬性就糟糕了。

啊、突然有種好悲傷的感覺，怎麼我身邊幾乎都是怪人、怪人，還有怪人呢？

在胡思亂想的過程中，海邊到了。

「……大海……好美。」

一波波海浪朝岸邊湧來，輝夜姬脫掉鞋子站在淺水處。

她必須拉高下襬才不至於讓和服沾到海水，平常被衣服遮掩的小腿與腳踝頓時露出。她纖細小巧的雙足，在海沙的襯托下顯得格外白皙。

「……」

對了……

其實我一直有問題……想要詢問輝夜姬。

現在我們兩人獨處，或許就是問題問出口的最好時機。

——為什麼妳會這麼善良？

「——即使未來可能會成為仇敵，只要此刻互為友人，亦付出真心相待，同樣也是信念。」

雖然輝夜姬曾經說過這樣的話……但是……為什麼？

……善良也要有個限度。

……信念碰見了私念也會動搖。

……照常理來說，就算身為友人，在我們的社團活動陷入難關時，也應該袖手旁觀才對。

距離六校之戰只剩下不到半年，我們未來終究會成為敵人。C高中的實力越強，對於輝夜姬來說就越不利。

況且，輝夜姬的身體狀況並不好。

在與棋聖的對決中，我親眼看過飛羽的回憶——再加上這段日子的相處，可以說，現在的我……比任何人都還要清楚……輝夜姬的身體究竟有多差。

只要全力寫作，她就會吐血倒下。

如果堅持、拚了命去對抗強敵，甚至可能會身亡。

「……」

陷入困惑中的思緒尚未拉回，這時候輝夜姬卻深深嘆了一口氣。

「……真漂亮呢……這個世界。可惜，妾身沒有見證夕陽落下的機會……但是妾身已經很滿足了。」

輝夜姬指著海平面那一端的烏雲，笑著說：

「您知道嗎？柳天雲大人。在灰黑色的烏雲正上方……依舊有著晴朗的天空。

正因為看不見，所以有了更多想像的空間，讓大家可以在腦海裡盡情揮灑色彩之筆……去填補那一份遺憾。

「如此一來，遺憾也將不再是遺憾，或許……反而會比原本更加圓滿，比看見原版的景象更加快樂。

「僅僅是明白這一點，就讓人由衷地感到欣喜。」

輝夜姬露出滿足的表情，然後繼續說了下去。

「與此相同，妾身也從未埋怨過自己的身體狀況，到了最近……更是有點慶幸。

「如果妾身的身體十分健康，那麼……或許就不會來到C高中，也不會與怪人社的各位結識並成為朋友了。

「讓不圓滿成為圓滿，為所有的事物感到欣喜，以自己的快樂感染別人……這樣子的話，所謂的幸福，就不會是遙不可及的形容詞，而是確確實實的存在哦。」

「……」我沉默著點頭。

輝夜姬這時候回過頭，在海風中對我展露笑顏，黑色長髮隨著風飄起，景象美得像一幅畫。

「謝謝您，柳天雲大人。妾身已經滿足了，我們回去吧。」

在回程的途中，我依舊無法把問題問出口。

輝夜姬信奉的「大義之道」，也等同於無私的付出。她不求任何回報，只想看見他人快樂的笑容。

對於獨行俠來說……輝夜姬的一舉一動，都太過純潔而高尚。

……她是雪白的。

在正中央滴上一滴墨水，就會以最明顯的方式暈開。

可以說，那是獨行俠作夢也想像不到的境界。

「……」

輝夜姬在我背上輕輕趴著，既乖巧又溫馴。

我回頭，看向她的側臉。

……無法贊同。

我無法贊同她的人生……她的理念所鋪建出的道路。

但是，我也無法去否定她的所作所為。

因為，輝夜姬的道路並非錯誤，而是正確過了頭。想要拯救所有人，本來就是理想中的理想，那種可能性，一向只存在於童話故事……與神話中。

神話嗎？

我忽然有點瞭解，她以輝夜姬為名的理由了。

然而，越是險惡的環境下，「正確」反而會成為「錯誤」。

「──!!」

等等……

我明白了……

我明白……輝夜姬為什麼會不斷幫助C高中、幫助怪人社了……

在瞭解真相的瞬間，我感到喉嚨彷彿被掐住一樣，內心一直以來對「人性」的理解，開始劇烈動搖。

「……原來如此。」

……就像輝夜姬拚盡全力，想要拯救A高中一樣……

她也試圖拯救C高中……打算拯救我們。

……無私。

那是足以包容世間所有罪惡的善良。

不，或許在她看來，世間根本沒有所謂的邪惡，只有「即將成為善良的善良」。

隨著身處角度的不同，得出的結論也就不同，輝夜姬的理念……大概，我這一輩子都無法真正認同。

但是，那並不妨礙我去理解這份情感。

「……呼……呼……」

這時候，身後忽然傳來打呼的聲音。

「？」

我回頭看去，發現輝夜姬已經睡著了。

光是在海邊站了一下，承受海風的吹拂，似乎就讓輝夜姬用盡了體力。

明明如此孱弱……卻想要守護所有人。

……可謂天真。

「不過，天真的人，永遠不知道氣餒……也往往是最堅強的啊。」

背著輝夜姬，沿著漫長的道路不斷前行，我繼續往C高中走去。

放學後，怪人社。

「唔……嗯……」

像平常一樣，我們待在社團教室裡努力寫輕小說。

「……真慢啊，這種出產效率，在殘酷的黑暗世界裡是會被淘汰的喔？」

大概是因為等待太無聊了，桓紫音老師開始修剪指甲。

一邊剪指甲，她與雛雪聊天。

「闇黑小畫家……妳在畫什麼？」

「祕密。」

「吾可以看看嗎？」

「不行。」

「呿，真小氣啊，反正又是色色的漫畫吧？」

「……」

途中僅僅舉起幾次繪圖板做為回答，雛雪作畫時非常認真。

桓紫音老師瞇起雙眼。

等了一陣子，桓紫音老師假裝來指導我們寫作，實際上卻偷偷摸摸地繞了一個大圈子，從教室後面接近雛雪。

站在雛雪後面，桓紫音老師略微彎腰，似乎在偷看繪圖板上的內容。

「燃燒吧！我的血紅之翅！」

「喝啊啊啊啊啊!!我不能輸，我身後還有夥伴們……公會的大家也在等我回去，所以絕對不能在這裡倒下!!開啟吧，第二階段變身!!」

桓紫音老師用非常平板的語氣讀著貌似熱血的臺詞。

「……!!」

雛雪則是像觸電一樣，整個背脊都伸直了。

接著她整個身體撲到了桌上，全力把畫好的內容遮擋起來。

「不、不行，不可以看!!」

明明還是無口人格，雛雪卻直接開口說話，而且聲音中帶著無法想像的慌張。

而且，她的臉迅速漲紅。

這是我第一次看到雛雪的臉紅成這樣。

大概是被對方的反應給嚇到，桓紫音老師忍不住退後一步。

「是、是哦？可是看起來……不就是普通的少年漫畫而已嗎？」

「正因為是少年漫畫才不可以看！老師妳好過分、太過分了，雛、雛雪的心靈已經受傷了喔！」

「……嗯？」

桓紫音老師難得抓了抓頭，露出傷腦筋的樣子。

「之前要看色色的漫畫為什麼就可以？」

依舊維持著保護作品的姿勢，雛雪拚命提高音量反駁對方：

「仔細聽好了!!色色的漫畫是雛雪的興趣，勇於將自己的嗜好開發、深深挖掘、用與『吞吞吐吐』這個情色詞彙等同程度的努力創作出來的東西！將筆下的人物恣意玩弄、欺凌、盡情猥褻之後還原激發出人類最初始的慾望，那是畫家最高的境界，絕對不是老師妳所想像的那麼簡單!!所以被人看見也沒關係！」

「唔……!!」

桓紫音老師明顯無法理解雛雪的說詞。雖然每一個字都可以聽懂，但組合起來就跟外星語言一樣難以理解。

不過很難得的，桓紫音老師在交談中處於下風。

為了堅定心愛事物的立場，雛雪的氣勢強到令人吃驚。

雛雪繼續追擊。

「所以說!!少年漫畫就完全不同!!舉個例子來說好了，美少女撲到一個少年身上，兩個人發生關係是非常正常的事！但是，少年漫畫的內容完全就是妄想出來的產物，像是魔王擊敗勇者，當勇者發現魔王比自己強一百倍，以現實層面來說，是絕對——絕對不可能再有挑戰對方的想法的喔！後續的為了友情、為了公會、為了夥伴而戰，這種建立在泡影上的情感，簡直就是超脫心靈的羞恥Play!!畫這種東西被看見，就算是雛雪也會害羞的！」

她一口氣把話說完，接著趴在桌上開始呼呼喘氣。

啊，我想起來了。

之前跟雛雪進入虛擬實境，一起參加「星花動漫季」、賣少年漫畫的同人本時，我從頭到尾都沒有接近正在作畫的雛雪。

太可惜了，沒想到她有這個弱點。如果當時知道的話，就不會從頭到尾都被這個小惡魔給戲耍了。

總而言之——

畫色色的漫畫↓很好、太棒了、完全ＯＫ，被看到也沒關係，反而值得驕傲！

畫少年漫畫↓不、不行，不能看！

……以上就是獨屬於雛雪的奇妙理論。

真是個怪人啊……怪人戰鬥力超過十萬……不，二十萬。

想到這裡，我忍不住看向風鈴。

「……前輩？」

察覺我的視線，風鈴好奇地睜大眼睛。

「拜託了，以後也請繼續維持正常。在這個正常能量乾涸的沙漠裡，風鈴妳是這裡唯一的綠洲了！」

我擺出祈禱的姿勢鄭重拜託。

「……咦？那、那個，風鈴不太明白前輩在說什麼呢……不、不過既然前輩拜託了，風鈴在各方面都會加油的！」

風鈴握起拳頭，似乎鼓起了幹勁。

「……」

旁邊的沁芷柔斜眼瞄了我們一眼，不知道為什麼哼了一聲。

這時候，身後再次傳來桓紫音老師的聲音。

她像是想要取回吸血鬼皇女的尊嚴那樣，發出「咯咯咯咯……」的一陣笑。

「話說回來……闇黑小畫家，汝少年漫畫裡的臺詞還真是中二呢。」

「真失禮！雛雪才不想被妳這樣說呢！老師跟學長是社團裡最沒有資格說這句話的人！」

雛雪再次大叫。

「……」

……嗯，看來今天的社團活動也會非常熱鬧。

經過一陣喧鬧後，大家終於完成今天的社團作業。

接著，利用剩下的一點時間，桓紫音老師不像平常那樣坐在講臺上，而是招呼所有人圍成一圈，拉一張椅子坐在我們旁邊。

「吾身為教師……有兼顧汝等身心健全的義務……看來吾太小看人類的思想了啊……」

一副語重心長的樣子，老師嘆了口氣。

色色的漫畫↓◯

少年漫畫↓X

很明顯她無法理解雛雪的想法，開始擔心學生的身心健全程度，所以打算對我們進行開導。

可是聊著聊著，話題忽然轉開了。

「對了，最近學校裡面不是很流行一個叫做『女子力測驗』的東西嗎？吾等來玩玩那個如何？」

女子力測驗啊……

我也有聽說過。

所謂的女子力，簡單來說就是「女性的魅力」。不管是很會打扮、能夠獨立、擅長烹飪、對戀愛的憧憬等等，都是能替女子力加分的項目。

簡單來說，通常各方面越優秀的女孩子，女子力也就越高。

「……哼，幸好吾早有準備！」

說完話，桓紫音老師從教室的角落拖出一臺像體重計的東西。

「『轉轉女子力測驗機』——!!」

自己配出哆啦A夢掏出道具的音效，桓紫音老師似乎相當得意。

「這臺機器可以完美測量出女子力，據說明書上的描述，一個正常女孩子能獲得的平均分數是一百，高於這個數字就是充滿女子力的意思！」

大家一起湊過去看說明書，上面也清楚寫明了各數值的量級，滿三百分就達到女子力・MAX的程度。

沁芷柔首先燃起鬥志。

「呵呵呵呵……身材又好、長相又漂亮、彷彿集神之恩寵於一身的本小姐，女子力一定很高吧！我要第一個測試！」

想到就立刻行動，沁芷柔站了起來。

可是，她的手臂被桓紫音老師用很快的速度抓住。

「不能去！去了妳會回不來的！」

……好眼熟的場景。

啊，我想起來了，有一部叫做《美少女死士荊軻》的改編動畫，之前在網路上很流行，引起大家熱烈討論。

荊軻是個歷史人物，以刺秦王留名青史。

《美少女死士荊軻》裡的荊軻是一個美少女，整部戲裡最著名的場景，就是原創人物忠臣太古達，在荊軻打算去刺殺暴君嬴政時，抓住了她的手，悲傷地喊：「不能去！去了妳會回不來的！」

「太古達……人，是有血性的。」

同樣以經典臺詞回應，美少女荊軻甩開太古達的手，她再也沒有回頭，就此揚長而去。

……

原來桓紫音老師也看過那部動畫喔！

「不能去！去了妳會回不來的！」

桓紫音老師話說出口之後，被抓住手的沁芷柔愣了一下。

但是，很快沁芷柔就露出充滿默契的笑容。

……對了，貌似沁芷柔以前說過，她是網路上高人氣的素人輕小說家，會知道那部動畫也是很正常的事。

於是，沁芷柔也回以經典的句子。

「太鼓達人……是有血性的。」

「……」

教室裡沉默了好幾秒。

接著不知道誰先開始的，教室裡響起一陣爆笑聲。

「噗哈哈哈哈哈——太鼓達人？汝是說遊樂場裡那個『咚咚咚鏘』敲出分數的遊樂設施嗎？」

「……學姊真是有搞笑天分呢。」

「那、那個……大家饒過芷柔吧，她也不是故意的哦……只是說話的音黏在一起而已。吶，好嗎？」

「請恕妾身無禮……但是真的很好笑。」

笑聲不絕於耳。

沁芷柔開始臉紅，最後終於崩潰，大聲喊叫起來：

「什麼嘛、什麼嘛，太鼓達人又怎麼樣，很帥的話就是很帥呀!!」

接著，桓紫音老師又說出《美少女死士荊軻》某句經典臺詞。

她按住了沁芷柔的肩膀，用充滿同情的眼神注視對方：

「荊軻，我們懂妳。」

「……!!」

沁芷柔滿臉漲得通紅，抱住頭開始大叫：

「嗚哇啊啊啊啊啊啊啊——!!妳們吵死、吵死了、吵死了、吵死了！所以到底是要不要測試女子力啦!!」

最後，怪人社的少女們選擇一起前往「轉轉女子力測驗機」。

「大家是夥伴，要同進退！」

桓紫音老師是這麼說的。

我們也再度見證了晶星人科技力的厲害，「轉轉女子力測驗機」竟然在按了一個鈕之後，體積就開始放大，讓雛雪、風鈴、輝夜姬、沁芷柔、桓紫音老師能一起站上去。

「……欸？」

「……咦？」

「……不勝惶恐。」

「……」

「咯咯咯咯……」

少女們分別發出不同的驚訝聲音。

好奇之下，我湊近觀看機器上面的數字……

422。

總共有五個人踏上「轉轉女子力測驗機」，如果正常女孩子可以獲得一百分的話，那五個人應該拿到五百分才對。

……也就是說，大概有某人拉低了平均分數。

此時，桓紫音老師緩緩轉過頭，看向沁芷柔。

「我們之中……出了通風報信的叛徒！」

沁芷柔露出快要哭出來的表情。

「別再說『美少女死士荊軻』裡的臺詞了啦！還有不是人家啦，人家絕對有到達標準分！」

「乳牛，吾可沒說汝拉低了標準分哦。對了，『美少女死士荊軻』裡還有一句名言：『視死如歸的人，不會這麼多話……只有心虛的人才會急著解釋。』」

「嗚……嗚嗚嗚嗚嗚嗚……真的不是人家啦……」

沁芷柔好像真的要哭出來了。

真傷腦筋，總不能坐視不理。

於是我開口轉移話題。

「啊、說到這個，明天的社團活動要做什麼呢？」

「當然是輕小說的修煉。」

桓紫音老師用理所當然的語氣回答我。

……總覺得整天帶我們去野餐、水上樂園、別墅、海邊等地玩的人，說出這句話很沒有說服力。

但是轉移注意力的目標已經達到，沁芷柔看起來鬆了口氣。

「不愧是柳天雲大人，非常懂得在適當的時機增加女孩子的好感度。」

輝夜姬用和服袖子遮住嘴巴，悄悄對我說。

「增加個鬼啊……」我感到渾身無力。

……但是，這時候的我還沒有想到，隔天會發生多麼奇特的事。

隔天，放學後。

在社團裡再次集結的大家，看著臺上的桓紫音老師。

「黑暗即將再臨……這是吸血鬼一族興起的前兆！

「——也就是說，為了迎接皇權的復甦，吾等必須做好充足的準備!!」

桓紫音老師大大張開雙手，如此鄭重宣布。

「……」

「柳天雲大人？」

輝夜姬期待地看著我，似乎在期待我翻譯桓紫音老師的話。

「……老師說，即將進行嚴格的社團活動，要我們做好心理準備。」

「不愧是柳天雲大人，竟然能解讀如此複雜的語言。」

嗯，桓紫音老師的話，在輝夜姬聽起來……似乎還是難以理解。

姑且將老師的話稱為「中二語」好了……就連已經在怪人社待這麼久的風鈴、

雛雪、沁芷柔，偶爾也會聽不懂桓紫音老師的中二語。

但是，為什麼我能準確聽懂呢？連我自己也不明白，至今這點仍是未解之謎。

「……也就是說，吾等今日要進行『女子力』的提高！」

桓紫音老師手按在桌子上，說話時非常認真。

終於切入正題了。

看來桓紫音老師，對於上次的「女子力平均分數」很不滿意。

「仔細聽好了——愚昧的闇之眷屬們唷！

「今天吾等即將利用『轉轉女僕君』前往虛擬世界的女僕咖啡廳，進行女子力的修煉！」

聽到老師的話，風鈴有點膽怯地舉起手。

「那個……老師，請問為什麼是女僕咖啡廳呢？」

「問得好，首席黑暗騎士！將汝的黑暗漩渦開啟，藉此拚命吸收吾的教義吧——吾只會講解一遍！」

「嗯嗯……!!」風鈴緊張地點頭。

桓紫音老師繼續說：「女僕咖啡廳有各式各樣的優秀女僕，傲嬌、病嬌、大和撫子、運動型、家事型，稱為寶庫也不為過！那是從外面旁觀，就能感受到濃厚女子力的聖地啊！明白了嗎？首席黑暗騎士！」

「那個……風鈴好像瞭解了。」

「哼，真是含糊的回答啊……要知道，女子力的提高，對於撰寫輕小說也非常有幫助喔！深刻瞭解什麼樣的女孩子會受歡迎，筆下的角色自然會更加生動！」

「……」

原來如此，聽起來非常有道理。

其實說穿了，今天依舊是輕小說的修煉，只是形式不同而已。

於是，在桓紫音老師的帶隊下，我們踏入「轉轉女僕君」，前往虛擬世界。

虛擬世界裡是春天。

站在有些偏僻的狹窄巷弄裡，怪人社所有人抬頭看著眼前的招牌。

奇斯，這是招牌上的店名。

雖然確實是女僕咖啡廳，但菜單上只販賣咖哩與各式咖啡，並不是想像中那種裝潢豪華的店家。

「那機器吾不太會設定，似乎有點弄錯了……總之先進去吧。」

桓紫音老師率先推開大門，大家跟了進去。

「……」

如同外表所能觀察得出的結論，這家店並不大。

寥寥幾桌的空位，加上吧檯前的狹長木桌，這就是能夠接納客人的所有空位。店內的裝飾也十分稀少，只有靠近門口的位置掛了一幅油畫。

「……歡迎光臨。」

店長聽見開門的聲響，轉頭發現了我們。

這是一個胖胖的中年大叔，眼睛是倒吊形的三角眼。讓人印象最深刻的地方，是用髮蠟固定成突起的角的頭髮，外表看起來有點像童話故事裡的惡鬼。

……他看起來很凶悍。

店內沒有其他員工，大概就是店長獨自撐起整間店的營運吧。

「請讓我們在這家店擔任一日女僕吧！」

在鄭重拜託過後，店長雖然覺得我們的請求非常麻煩，但是由於我們願意免費幫忙，加上桓紫音老師的態度誠懇，所以店長還是同意了。

「……小子們，如果給我添麻煩的話，擔任女僕的約定就立刻結束哦。」店長這麼說著。

我們當然表示同意。

在獲得首肯之後，距離我們最近的桌上忽然出現成堆的女僕裝。這大概是「轉轉女僕君」的功能吧。

於是，怪人社的少女們輪流去廁所更換女僕裝，我也換上服務生的制服。

然而因為這家店的位置過於偏僻，所以客人並不多。

在我們換好制服之後，一直等了半小時都沒有任何客人上門。

唯一值得提起的是，這家店有養柴犬。

一隻脖子上圍著黃色項圈的柴犬，就坐在吧檯前的地上，好奇地盯著我們看。

「來、狗狗來。」

喜歡動物的風鈴朝柴犬伸手，但是牠不為所動。

之前我也曾經看過風鈴招呼小動物，通常動物們都很親近她，這隻柴犬似乎特別不一樣。

又等了一陣子，還是沒有客人進店。

店裡非常安靜，只有電視的聲響，似乎正在播放關於怪盜的新聞。

因為等待實在太無聊了，我們開始商量等一下的行程。

桓紫音老師說：「不如這樣吧，等一下如果有客人上門，吾等輪流接待客人，單獨行動才能展現出女子力！」

大家都表示同意。

過了不久，終於有第一個客人上門。

客人是一個看起來像上班族的中年人。

出場的順序是用猜拳來決定的，風鈴第一個上陣。

「好、好！風鈴要去了哦！」

風鈴握緊拳頭，似乎正在努力鼓起勇氣。

「……嘻嘻，真大膽，竟然直接說出這麼H的宣言。」

雛雪舉起繪圖板。

「……總之上吧！首席黑暗騎士！」

桓紫音老師一拍風鈴的背後。

「慢慢走、慢慢走，不可以搞砸、不可以搞砸……」

念著咒語般的話語，風鈴手上端起放著冰開水的托盤，往客人落坐的桌子走去。

這裡不得不一提風鈴的女僕裝造型。

由於是「轉轉女僕君」分配的服裝，系統依個人身形剪裁設計，所以沒有挑選女僕裝的餘地。

風鈴的女僕裝，胸前有貓咪造型開口，裙子也相當短，整體看起來十分性感。

因為服裝太過露骨的關係，剛開始風鈴還害羞地賴在廁所不肯出來，可是考慮到必須修煉女子力，風鈴還是硬著頭皮上了。

「慢慢走，不可以搞砸……」

大家的注目似乎給了風鈴更大的壓力，她緊張的樣子實在令人擔憂。

維持緩慢的步伐，風鈴謹慎地往前。

只是，在快要接近客人時，剛剛的柴犬忽然衝過走道，遭受驚嚇的風鈴滑了一跤，雖然及時穩住身體，但是托盤上的水杯已經傾倒，冰開水流了滿地。

「對、對不起！」

風鈴拚命向客人以及店長道歉，最後垂頭喪氣地返回我方陣地。

……第一個人就失敗了啊。

看來女子力修煉，比想像中還要困難……這些少女之中，究竟有幾人可以成功呢？

「喂，零點一，等一下換汝上陣。」

「耶？」

「耶什麼耶，吾說等一下換汝上陣！」

「可、可是我不需要修煉女子力啊？」

抓住了我的領口，桓紫音老師以蠻不講理的態度威嚇我。

「首席黑暗騎士都這麼努力了，汝難道不想拚起幹勁、擺出前輩的好榜樣給她看嗎!?」

唔……

既然被這麼說，也只好答應了。

於是，第二個客人上門時輪到我登場。

但是，這個客人後面跟進來許多小孩子，對方似乎是一個大家庭，一口氣占據了A、B、C三桌。

「……」

……哼。

……所謂的獨行俠，不會輕易尋求別人的幫助，否則就會落入軟弱的惡性循環中，失去獨自作戰的勇氣。

所以說，就算客人多了點，我也可以獨自應付，端冰開水什麼的，當然難不倒我。

～～三十秒後～～

「前、前輩，您在做什麼？」

「零點一!!汝那香檳塔造型的冰開水是怎麼回事!!」

耳邊傳來風鈴與桓紫音老師的驚呼。

哼，現在才驚訝於我柳天雲的大才嗎？

……在端東西的盤子上將白開水一杯杯疊起，像小時候蓋「撲克牌城堡」一樣將冰開水不斷疊高——如此一來，就能一口氣端出十杯以上的冰開水，服務效率頓時提高好幾倍。

懷抱著自豪的心情，我站到了A桌旁邊。

這桌的小孩子們以驚嚇的表情注視著聳立的白開水塔。

「您好，這是本店免費提供的冰開水——」

話剛說完，我忽然察覺一件事。

——用雙手捧著盤子的我，好像沒辦法騰出手來，把白開水送到客人桌上。

「啊、不好意思，請客人您自行取用。」

無可奈何之下，我只好做出這樣子的發言。

～一分鐘後～

像鬼一樣的店長把我叫進休息室責罵。

「竟然一次得罪三桌客人……聽好了，我的容忍已經到了極限，如果再犯錯的話，絕對不會輕易饒恕你！

「多學學你的夥伴們是怎麼工作的，給我去牆邊站著旁觀!!」

先從觀察做起嗎？

好吧。

「啊啊……本小姐把義大利麵送來給你們了，給我滿懷感激地吞進肚子裡去，連湯汁也不許剩下!!」

過了半小時，店裡又進來一批新的客人。

沁芷柔站在C桌旁邊，驕傲地發表女王式宣言。

「——!?」

說好的「身為服務生的自覺」呢!?

在強烈的震驚情緒中，我看向不遠處的店長。

「嗚……真是難得的優秀女僕啊，能這麼自然地用鄙視的眼神盯著客人，完全是傲嬌的最佳典範！」

店長擦拭著眼角的淚水，似乎十分感動。

再看向D桌。

同樣在遞送白開水的輝夜姬，犯了跟風鈴同樣的錯誤，她不小心滑了一跤，手上的托盤飛了出去，導致水杯直接摔在地上。

伴隨著清脆的「乒鏘」，玻璃杯摔成了無數碎塊，冰水溢散滿地。

「——!!」

但是因為輝夜姬天生自帶的、如同散發光輝的氣場，客人們選擇原諒她，甚至還主動幫她收拾水杯的殘骸。

我再次看向店長。

這時候，為了安慰輝夜姬，D桌的客人加點了十盤咖哩。

「啊……笨手笨腳的這點也很可愛呢，滿分!!」

店長滿意地豎起大拇指。

最後，我看向H桌。

「燙燙燙燙燙——好燙!!」

在H桌的雛雪，不小心把義大利麵撒到客人身上。

雛雪似乎吃了一驚，卻在打量了那位男性客人之後，露出了微笑。

「吶、吶，對不起呢～～可以原諒人家嗎？」

雛雪彎下腰以手臂擠出乳溝，女僕裝的前胸由於設計得相當緊繃，讓突出的乳袋變得更加明顯。

接著，雛雪也輕易獲得客人的原諒。

「真是優秀的女僕啊!!

「把劣勢轉為優勢，簡直是百年難得一見的優秀人才!!」

店長激動的評語再次傳入我的耳裡。

「……」

砰！

我一拳打向牆壁，並將前額抵在壁面上。

這些傢伙的行為到底要我怎麼學習？我犯了相同的錯誤只會被客人眼神殺、然後被趕出店外吧!!下場絕對、絕對會非常悽慘!!

絕望啦！對這個靠著身材與顏值就可以度過難關的世界絕望啦!!

「……」

店裡的客人越來越多了，已經沒有空餘的座位。

似乎是因為店裡有許多可愛女僕的消息傳開，店外也不知不覺出現大量人潮，必須排隊才能進入用餐。

於是，沒事可做的我，坐在店裡的一個小角落，默默打量著夥伴們陷入忙碌狀態。

獨行俠的悲哀之處，就是連存在感都會降低。

在平常這是好事，代表不容易被敵人給盯上，可是相對來說，也失去了與別人公平競爭的機會。

在發出感嘆的同時，面前忽然出現一道身影。

……是店長。

「怎麼樣，在旁邊觀察這麼久，學會同伴的優點了嗎？」

「不，我學不會。」

「唉……你果然是個笨蛋啊。」

像是覺得我已經無可救藥似的，店長按著自己的臉，深深嘆了一口氣。

——這到底要怎麼學啊混蛋!!

用「轉轉女僕君」體驗女僕生活的一天很快過去，夕陽西下時，我們結束了工作，一起向店長告辭。

「……女僕的工作比想像中有趣呢，這還是妾身第一次替別人工作。」輝夜姬說。

「啊啊、你們看到了嗎？本小姐後來可是一次接待三桌客人哦，連店長都稱讚我的進步速度呢！」沁芷柔十分驕傲自己的表現。

實際上，不光是她們兩個有著良好的表現，除了我之外，怪人社所有人都在工作的過程中取得巨大進步，成為能夠獨當一面的女僕。

她們興高采烈地談論著剛剛的事情，而我則完全找不到切入的話題點。

「啊……算了，反正獨行俠就是註定像蛞蝓一樣陰暗地活在角落……呵呵……「但是，真正的強者，會連這份痛苦與寂寞一起吞噬，斬出通往未來的道路！」

……說是這麼說，然而只有我一個人失敗，還是很難過啊。

一個人蹲在店門口的盆栽旁邊，如果我是漫畫人物的話，此刻背影一定會被畫上黯淡的陰影線吧。

正在角落自怨自艾的時候，忽然有人從後面輕輕拍了我的肩膀。

「？」我回頭。

「對不起呢……前輩，因為實在太過忙碌，風鈴一時沒有注意到前輩的心情。」是風鈴，她身上依舊穿著女僕裝。女僕打扮的她，儘管神情疲倦，看起來卻完美到了極點。

但是，努力、忙碌了一整天的風鈴，竟在安慰什麼事也沒辦到的我。

風鈴靜靜地閉上眼睛，像是陷入回憶中。

「……沒關係喔，就像之前前輩曾經對風鈴所說的『風鈴就是風鈴，不管發生什麼事都不會改變』……前輩也是這樣，不管發生了什麼事，前輩還是前輩。

「如果前輩不擅長做家事的話……這些東西就交給風鈴一手包辦吧。

「所以，請打起精神來，風鈴是為了前輩而存在的，會彌補前輩的所有弱點，成為前輩最堅強的後盾哦！」

說完，風鈴露出可愛的笑容，朝我伸出手。

她的背後是橘紅色的夕陽，彷彿她就是整個世界的光線匯集點……此刻的風鈴，看起來是如此耀眼。

我有點感動，伸出手，與風鈴的手相握。

「……」

我相信，不管什麼時候，風鈴都願意站在我的身旁，與我並肩作戰。

風鈴……

晨曦……

風鈴就是晨曦，是我曾經追逐的目標，與重視的對象。

「……!!」

不知道為什麼，剛剛想到這裡，腦海裡閃過一陣暈眩，血紅色的幻象似乎又要閃現而出，但是很快的，透過風鈴的小手傳遞過來的溫度，化解了那份血光。

「……」

我一愣。

將內心的疑惑深深壓下，與風鈴牽著手，一起走向怪人社的大家。

「……哼，竟然牽著手走過來。」

不知道為什麼，沁芷柔扠著腰，表情非常不爽。

「學長是花心大蘿蔔!!」

雛雪也在繪圖板上這樣寫，尤其在「花心大蘿蔔」這幾個字上面加了漫畫的集中線。

「啊！」

「啊……」

被她們關注，我才意識到這樣的行為似乎非常曖昧，風鈴也相當緊張，我們兩人牽起的手立刻分開。

桓紫音老師走了過來，同時摟住我跟風鈴，朝著大家微笑：

「吾之眷屬唷！別做無謂的爭執，今天的活動大成功了不是嗎——!!」

「現在，吾等就只剩下最後的儀式必須執行，之後就可以回歸魔域了！」

於是，利用「轉轉女僕君」給予的照相機，大家聚在店門口拍照。

拜託店長協助拍攝，怪人社所有成員站成了兩排。身高比較矮的輝夜姬、風鈴站在前排，稍微高一些的桓紫音老師、沁芷柔、雛雪則站在後排。

而我蹲在前排的正中間。

依舊有點不滿的沁芷柔，把雙手放在我的頭上。

喂喂……我可不是擱手的架子。

接著沁芷柔把沉甸甸的胸部也壓在我頭上，似乎想藉此發洩她的情緒。

「……要拍囉？」

等到我們擺好前後排的陣型，咖啡店老闆舉起相機，

最後的最後，隨著「喀嚓」的快門聲，怪人社的社團活動照片出爐了。

事後，大家聚在一起看照片。

除了被壓得喘不過氣的我表情有點彆扭之外，怪人社裡的其他人都笑得露出潔白的牙齒。

那是辛苦工作過後，取得回報的開朗笑容。

……原來如此。

看著彷彿被溫暖的光暈包圍的眾人，我忽然明白了一件事：

「或許……這就是所謂幸福吧。」

在如此思索的此刻，我的耳邊隱約出現了彷彿來自極遙遠、極遙遠處的聲音。

那聲音相當微弱、哀傷，似乎隨時會消失不見。就像從淡薄的回憶裡飄出那樣，恍若不存在於現世。

與此同時，我感到頭痛欲裂。

那聲音訴說的內容……只有簡短的兩句。

「……為了填補消失的地方造成的空缺，世界會自己圓滿，一切在你們眼中看起來都會變得順理成章。」

「然後，你們所有人都會變得更加幸福。」

第五話　騎士保母與怪人遊樂園

突然出現的聲音……

血紅色的幻象……與詭異、無法回憶起的夢境。

這一切……到底在暗示些什麼？

我不明白。

然而，越是焦躁，越是想探明真相，就變得更加疑惑。

恍若……我本來就不該得到正確解答那樣，在思緒之海中再怎麼划動身下的小舟，也無法接近海平線另一端的答案。

但是，即使撇除這些不管，也還有其他事情在擾亂思緒。

──那是女僕咖啡廳事件的幾天後。

在怪人社的活動結束後，桓紫音老師把輝夜姬單獨留了下來。

本來只是要返回教室拿遺落的鋼筆，隔著教室大門，我不小心聽見了兩人的交談。

「……為什麼？」

開口的是桓紫音老師。

她的語氣，帶著少有的嚴肅。

「桓紫音大人，您是指什麼呢？妾身不明白您的意思。」

「……最近，汝時常參與怪人社的社團活動，一旦零點一、乳牛、首席黑暗騎士遇到寫作瓶頸，汝也總是不吝嗇地以汝的知識加以指導……吾必須說，汝也是一個不錯的導師。」

「哪裡，桓紫音大人才是名師。承蒙您的誇獎，妾身……深感不安。」

「但是……正因為這樣才奇怪。吾不想把心事悶著，因為汝也是怪人社的一員……有些話，吾想要坦白說出口。」

「請說。」

輝夜姬的聲音非常溫和。

對比桓紫音老師話中略微夾帶的焦躁，兩人形成不小的反差。

「輝夜姬，汝……不害怕嗎？汝難道不清楚零點一……不清楚柳天雲那傢伙有多強嗎？或許汝不知曉，但是，吾其實擁有可以偵測寫作戰力的『赤紅之瞳』。」

「『赤紅之瞳』……嗎？妾身聽說過。」

「……實話實說，隨著不斷修煉，現在的柳天雲，身上的光芒越來越強了……他很快就會進入反璞歸真之境。到了那時候，輝夜姬，他就會跟汝一樣……光華內斂，連吾都看不出半點鋒芒。」

「這個妾身也明白，對於柳天雲大人，妾身一向是非常欽佩的。」

「那麼……咱們回到第一句話吧，輝夜姬。吾想問汝……『為什麼』？汝……為什麼要幫助吾等這麼多？汝不害怕嗎，害怕……終究會成為勁敵的C高中？」

──為什麼這麼善良？

──為什麼要幫我們這麼多？

這個問題，我在海邊時曾經想問，但最後沒有問出口。沒想到桓紫音老師也抱有相同疑惑。

輝夜姬沉默了片刻，像是陷入考慮，最後才輕輕開口回答：

「懷有私心……為了提高自己的勝算，見到友人陷入困境而袖手旁觀，有違大義。

「──所以，對於幫助怪人社諸位大人的行為，妾身不會留下任何迷惘與悔恨。」

聽到輝夜姬的回答，桓紫音老師又問：

「那麼，在最終一戰時，汝……難道有戰勝巔峰時期的柳天雲的自信嗎？」

再次面臨對方的質詢，這回輝夜姬停頓了很久。

最後，以不帶半點猶豫的清澈話聲，輝夜姬進行回答。

「……如果柳天雲大人恢復到巔峰狀態，那妾身當然無法輕易戰勝他……不，就連怪物君也無法輕易戰勝他。面對這麼強大的輕小說家，任何人都必須全力以赴……去應戰。」

「嗯，汝繼續說。」

「妾身接下來要做出一個假設……假設而已，請您不要當真……假設巔峰時期的柳天雲大人，與妾身對決的話，妾身雖然實力並不弱於柳天雲大人，有與其正面抗衡的自信……但是，妾身的身體並不好，一旦陷入長時間對決，妾身就必敗無疑。」

「……是嗎？跟吾的預測相同。」

輝夜姬嘆了口氣。

「——是的。只要柳天雲大人刻意將戰局拖入持久戰，妾身就會不斷吐血，遲早會敗給對方。而且，面臨那種情況，為了守護A高中，妾身肯定不肯認輸吧……會拚盡一切的可能性……戰到鮮血流盡為止。」

「汝不害怕嗎？輝夜姬。」

「為什麼要害怕呢……？不管是與怪人社的諸位共同歡笑、嬉戲……又或是探討寫作，這一切都出於妾身自己的意志。透過文字一次又一次瞭解柳天雲大人之後，妾身也明白……柳天雲大人，他不是那種會針對弱點來擊敗妾身的卑鄙小人。」

「……哦？」

聽見輝夜姬由衷地表達信任，桓紫音老師似乎有點驚訝。

輝夜姬輕輕道：「因為，柳天雲大人遵奉的是『本心之道』。這樣子的他，與恪守『大義之道』的妾身相同，不可能違背自己的信念——就算彼此註定得分出勝負，柳天雲大人也絕對不會趁人之危，會堂堂正正地與妾身進行對決。」

「原來如此，吾明白汝的想法了，輝夜姬。哼……簡直固執己見到令人咂舌的地步，這種善良的笨蛋可不是到處都能見到的。」

「妾身可以把您的話當成是稱讚嗎？」

「汝說呢？」

「呵呵……」

說到這裡，她們的交談似乎告一段落。

好像聽到不該聽見的話，為了避免尷尬，我悄悄離去。

又一個夜晚。

血與火。

夢境中，再次出現了血與火。

「打勾勾～～說謊的話就要吞一千根針～～約定好囉～～!!

「打勾勾～～騙人的話就要吞一千根針～～約定好囉～～!!

「打勾勾～～違約的話就要吞一千根針～～約定好囉～～!!」

整個世界裡，不斷迴盪著同一首歌。

歌聲悠長，卻充滿了悲傷。

只能看見背影的少年，在地上留下一整行血淚，終於到達城堡頂端，推開門板，與門內的輝夜姬對峙。

端坐於房間的正中央，輝夜姬表情中沒有怨恨，相反地，在這時候她竟開始關心起別人。

「其他人呢？為什麼……C高中只有您一個人前來？」

「……」少年沉默。

像是從對方的情緒變化中讀出了真相那樣，輝夜姬露出哀傷的表情。

「原來如此，您……究竟犧牲了多少東西，才走到了這一步？」

少年依舊沉默。

「值得嗎？」輝夜姬輕輕問。

她的話聲很溫柔。

但是，似乎也正是那份溫柔，喚起了少年某些記憶。

「……」

聽見輝夜姬的話語，少年全身上下都在顫抖。

彷彿為了趕在自制心潰堤之前做出決斷，少年拋出一顆白色的骰子，骰子在房間正中央迅速變大，形成比賽的場地。

瞭解到對方的意圖，正坐著的輝夜姬，朝少年恭謹地鞠躬。

「妾身……想對您提出一個要求。」

「？」

「……請與妾身公平對決，就算敗給了您，至少讓妾身在死前……能夠再一次於寫作之海中遨遊，盡情享受文字的樂趣。」

聽到輝夜姬的要求，終於，沉默已久的少年……在這時候回話了。

「…………………」

我聽不清楚少年的回答。

但是，在不斷模糊的夢境中，我看見……輝夜姬落下了眼淚。

……怎麼回事？

我從床上坐起，在醒轉的同時，察覺自己似乎又作了無法記起的怪夢。

頭很痛。

只記得夢裡有**血與火**……還有隱隱約約，某個人在大笑。

那笑聲，帶著無比的絕望。究竟要承受多大的苦與痛，才能發出那種笑聲……

我不明白。

「……」

我忽然發現自己臉上一片溼潤。

「……我掉淚了？為什麼？」

黑暗中，沒有人可以回答我。

懷抱著深深的疑惑，我的詢問落入空處。

「在寫作的世界裡，所謂的『伏筆』是非常重要的哦！」

某天，社團教室中。

桓紫音老師坐在講臺上，朝我們豎起左手食指。

「在故事的開始埋下不起眼的伏筆，等到中後期將伏筆一口氣爆發出來，這樣既有說服力，也增加作品本身的張力。

「簡單來說就是『布局』的概念。這裡又可以把作家分為兩種，一種是靠著縝密的大綱來完成布局的穩健派，另一種是隨手設下伏筆、伺機而動的本能派。

「咯咯咯咯……如果要把汝等仔細進行分類，零點一與輝夜姬屬於本能派，而首席黑暗騎士與乳牛則是穩健派。」

這樣啊……

沁芷柔這時候提出問題：

「老師，那妳呢？妳是什麼派的？」

「吾也是本能派的。」

「……哈啊？本能派這麼常見哦！」

「不……本能派通常比穩健派還要少，只是怪人社裡特別多而已。」

聽完桓紫音老師的解釋，許多人都點頭露出「原來如此」的表情。

桓紫音老師從講臺上滑落，接著來到講臺背面蹲下來，似乎在尋找什麼東西。

「在哪裡呢……在哪裡呢……有了！」

她抱著一個高度大約六十公分的木頭模型向我們走來，接著放在我的桌上。

木頭模型是圓形的，像碗那樣有深度與弧度，內部看起來像縮小的古羅馬競技場。

古羅馬競技場的正中央，有一個冒著熊熊烈焰的火坑，裡頭插著一把外表破敗的大劍。再看周圍不遠處，又散落著許多張迷你小椅子，這些椅子圍繞著火坑與大劍，繞成一個圓圈。

「為了培養寫作所需要的『伏筆』能力，吾等今天要來玩這臺『轉轉殺手君』。」

「啊……這臺機器妾身認得！之前A高中也有一個，只是妾身沒有玩過。」

輝夜姬將手搭在競技場的邊緣，好奇地朝裡面窺視，只是因為身材太過嬌小，踮起腳尖也不夠高

「唔～～嗯～～!!」

她努力伸長脖子、踮起腳尖的樣子，看起來非常可愛。緊接著，又有點緊張地觀察周圍眾人的反應，似乎害怕被夥伴發現自己身高不夠的事實。

平常沉著冷靜的輝夜姬，難得露出了個性上的弱點。

我嘆了口氣。

……幫幫她吧。

從後面用手臂托著輝夜姬的腋下，我把輝夜姬舉高，讓她的雙腳稍微離地。

「嗚……!!」

輝夜姬在空中回過頭。

「柳天雲大人……!?」

過了幾秒鐘，我放下輝夜姬。

輝夜姬腳一落地，立刻把我拉到教室的角落，快速進行人生商談。

「——柳天雲大人!!您做出這種冒犯的行為，就算是妾身也會介意的喔！」

雙手交叉護住自己的腋下，泛紅著臉的輝夜姬，用極為強烈的譴責語氣開口。

「腋、腋下這種私密的地方，只有願意託付一生的男人可以觸碰，這是妾身那個時代的規矩！」

……什麼跟什麼啊？什麼時代？

啊，是在說《竹取物語》裡的古代嗎？

我有點納悶，輝夜姬之前像史萊姆一樣整個人趴在我的背上，就算胸部觸碰到也完全不在乎，甚至會出言調侃，為什麼偏偏腋下是弱點呢？

不過，面對輝夜姬語氣強烈的指責，我的氣勢立刻落於下風，只好乖乖道歉。

「對、對不起……」

「……好吧，自說自話的指責，有違妾身的『大義之道』。柳天雲大人，妾身的腋下是名為弱點之地，被旁人輕輕觸碰就會全身痠軟發麻，甚至會發生相當失態的事……所以絕對不能被男人擅自觸摸。還有，就算妾身看不見『轉轉殺手君』，也可以靠著想像解決問題，請不要自作主張舉高妾身，這樣會被別人嘲笑妾身的身高的。」

「……」

我越聽越是感到不可思議。

觸碰胸部→ＯＫ！

觸碰腋下→不行！

不管做出多過分的事→原諒。

嘲笑身高→生氣。

啊，簡直跟雛雪一樣怪異……怪人戰鬥力同樣超過二十萬。

「……」

在這時候。

原本彎著腰，傾聽輝夜姬進行人生商談的我，忽然被陰影所覆蓋。

「？」我轉過頭，發現桓紫音老師站在我面前。

她對著我冷笑。

「——闇黑天幕之爪！」

「嗚噗！」

被掐著脖子壓在牆壁上，桓紫音老師將彷彿惡鬼一樣猙獰的臉湊到我面前。

「柳天雲**大人**，本人還在上課呢，可以別擅自帶著其他社員離開座位嗎？」

桓紫音老師刻意模仿著輝夜姬的語氣，尤其在「大人」這兩個字上加了重音。

「……!!」

被掐住氣管的我沒辦法回話，只能用力點頭。

終於，我們回到座位上。

我揉著還在疼痛的脖子，但沁芷柔似乎完全不同情我。

「哼……活該。」

「……雛雪也這樣覺得。」

雛雪舉起繪圖板。

被兩個人同時奚落，平常會幫我說話的風鈴，這次竟然也低頭裝作沒聽見。

嗚啊……我好像被桓紫音老師、輝夜姬、沁芷柔、雛雪、風鈴同時討厭了。

絕望啦！對這個懷著好心卻被所有人所遺棄的世界絕望啦！

「咯咯咯咯咯……解決了零點一，我們重回正題!!」

桓紫音老師指著「轉轉殺手君」，朝我們所有人發問。

「那麼，這裡有誰玩過《殺手遊戲》的？桌遊的那種。」

包含我在內，所有人都搖頭。

……說到《殺手遊戲》。

這是一款相當出名的桌遊，就連沒玩過的我也知道規則。

最原始版本的玩法，是由複數的平民、警察、殺手三種職業所組成。平民與警察是盟友的關係，聯手共同對抗殺手。

殺手只要殺光所有人就可以獲得勝利；反過來，警察與平民只能透過白天的「多數決審判」來嘗試吊死殺手，當然平民通常都比殺手數量更多，以機率來講，誤殺平民的概率更大。

一般來說「平民全部死亡」也是殺手方的勝利條件，但是由於我們人數太少了，所以不採用。

至於其他的規則……

殺手們可以在每個晚上進行討論，在投票後殺掉指定的對象。

警察們可以在每個晚上對某位玩家進行查詢，在夜晚過去後，能夠得知該玩家的真實職業。

平民則沒有任何特殊能力，也無法得知自己以外的人的身分。唯一的優勢是人數，在白天時能夠發揮投票的功能，齊心協力來吊死殺手。

在白天所有人進行「多數決審判」時，所有人都可以藉由對話來影響局面、改變別人的想法，可以說是遊戲裡的致勝關鍵。

雖然基本規則並不複雜，但這是一個充滿變數的鬥智遊戲。例如殺手可能會偽裝成警察，在白天時引導局面來吊死目標……也可能會出現自稱警察胡亂指揮的暴民，讓己方加快滅亡，所以玩起來充滿樂趣與不確定性。

簡單來說，白天投票公審嘗試用「多數決審判」吊死殺手。殺手每個晚上也會不斷殺人，以殺光敵人為己任，這就是「殺手遊戲」的基本概念。

「不過，大家竟然都沒有玩過這遊戲……儘管這也確保了吾等將會進行公平的競爭，但總覺得令人相當不愉快……哼……」

桓紫音老師皺眉。

「……難道說，這代表大家之前都沒有可以一起玩的朋友嗎？」輝夜姬說。

「吾、吾之盟友啊，不准揭穿醜惡的事實！在吸血鬼的世界裡，皇族的權威與臉面事關重要！」

「……謹遵吩咐，那就讓妾身把事實埋葬在月色中吧。」

「沒錯，就是要這樣！」

……別再說了。

雖然獨行俠並不在乎，不過以一般人的角度而言——沒有朋友的事實，不覺得越聽越悲傷嗎？

「我說……也太過小題大作了吧？不過就是玩遊戲而已嗎……就算沒有玩過這種小遊戲……哼哼，從頭到腳、由內到外都無比優秀的本小姐也完全不會介意哦，畢竟有一句成語叫做『瑕不掩瑜』嘛。」

坐在座位上的沁芷柔，雙腿交叉，擺出了不起的樣子。話說那句成語是從「闇黑真龍破・成語文字方塊」裡學到的嗎？

「……」

一直不說話的雛雪，忽然悄悄湊近，快速從沁芷柔的抽屜裡抓出某樣東西，並高高舉起。

在這一瞬間，大家的注意力都被吸引過去。

雛雪手上拿著的，是一本薄薄的小冊，封面畫著警察在追逐殺手的插畫。

「啊、那不是『轉轉殺手君』的說明書嗎？」桓紫音老師第一個認出來。

「……看來沁芷柔大人果然很期待？」輝夜姬也接口。

「……!!」

沁芷柔白皙的俏臉上，紅潮迅速蔓延，最後連耳根都紅了。

可是，大家還是一直盯著她，以無聲的目光進行審問。

盯。

盯……

盯～～

不停盯著。

「嗚……!!」

最後，她像是承受不住大家火辣的目光，眼角開始泛起淚光，忍不住大喊出聲。

「吵死了、吵死了、吵死了！人家就是很期待不行嗎!!」

就算是迫於無奈，這份承認的勇氣依然值得讚許。

風鈴大概也這麼想，於是露出微笑。

「其實……風鈴也沒有玩過《殺手遊戲》，跟芷柔一樣相當期待呢。」

「吵、吵死了狐媚女，誰跟妳一樣啊！」

「咦……？」

先不提語無倫次的沁芷柔。

另外一邊，輝夜姬向桓紫音老師提出了建議。

「桓紫音大人，一般來說《殺手遊戲》人越多越好玩，所以妾身有個建議。」

桓紫音老師挑起眉毛。

「哦？吾之盟友哦，儘管獻上汝的思想吧，吾在此聆聽著。」

「請稍候片刻，妾身會帶人過來一起遊玩《殺手遊戲》。」

「哦？竟然還能找到其他人選嗎……咯咯咯咯……不愧是天生擁有高貴血統的黑暗眷族，比其他屬下可靠多了。」

「謝謝您的稱讚，妾身……甚感榮幸。」

「那麼，為了避免汝在跋涉途中體力不支暈倒，這條『阿里巴巴魔毯』就借給汝吧。」

阿里巴巴魔毯是晶星人給予的道具之一，充電過後可以飛行三十分鐘。

於是輝夜姬便乘坐魔毯飛走，我們坐著等她回來。

「那個……輝夜姬會帶誰回來呢？」風鈴問。

大家你看看我、我看看你，沒有人知道答案。

畢竟輝夜姬幾乎都待在怪人社裡，應該沒有時間認識其他對象。

當然也不能排除她原本就有認識的朋友，畢竟之前在現實世界裡，C高中與A高中的距離並不遠。

又過了五分鐘。

遠處的走廊上，開始出現「咚咚咚」的腳步聲。

接著，有一道非常緊張的聲音跟著響起。

「輝夜姬公主，這、這裡不是C高中嗎？我們在這裡亂逛真的沒關係嗎？」

「嗯，沒關係唷。」

「就、就算公主妳說沒關係，可這裡是敵人的大本營，千萬不能掉以輕心，萬一碰上敵方的主力該怎麼辦!?柳天雲那傢伙可能會認出我的！」

「小飛羽，你總是這麼緊繃，放鬆點、放鬆點，讓煩惱都飛走就好了。」

兩人的聲音越來越近。

接著教室大門被打開。

坐在魔毯上的輝夜姬首先飛了進來。

——而她的身後，站在教室大門前，有一個藍色長髮、穿著白色騎士袍、腰間繫著騎士長劍的少年。

飛羽。

A高中僅次於輝夜姬的輕小說高手，擁有超人一等的寫作天賦。

他的身材高䠷，五官深邃，看起來有點像混血兒，藍色長髮隨意披散在身後，是個清爽型的帥哥。

「——!!」

看清楚教室內的所有人，飛羽立刻發出一聲大吼。

「柳天雲……沁芷柔……風鈴……雛雪……桓紫音……棋聖情報上的所有C高中主力都在！該死!!運氣竟然這麼差，直接闖進敵陣的核心地帶了嗎？」

飛羽深深吸了一口氣，按住腰間的長劍，露出動畫裡的配角在戰死前的覺悟表情。

「輝夜姬公主……請您獨自逃亡，這裡有我擋著，在我飛羽戰死之前，沒有人可以越過我的劍圍！」

……你是《火鳳燎原》裡的張遼嗎？那部漫畫我也看過喔。

順帶一提，《火鳳燎原》裡的張遼，阻擋的成功率並不高。

「原來如此……《殺手遊戲》嗎？輝夜姬公主，我明白情況了。」

社團教室裡經過一番吵鬧，先是輝夜姬手忙腳亂地勸阻飛羽拔出長劍，接下來自稱吸血鬼皇女的桓紫音老師又「咯咯咯咯……」地宣稱輝夜姬已經成為黑暗勢力的盟友，誤以為公主遭到蠱惑的飛羽憤怒之下差點暴走，幸好輝夜姬最終鎮住了局面，飛羽終於恢復冷靜。

「如果公主希望我參加這款遊戲，那麼我會遵守命令——然而，我還是不贊成與敵校的學生待在一起，會被刺探出情報來的。畢竟公主的寫作知識之豐富、堪比王之寶庫，就像古老的英雄王『吉爾伽美什』一樣富有，這些臉上寫著『窮酸』兩字的傢伙，絕對會升起貪婪之念。」

……這次換成《Fate/stay night》的梗了。等等，剛剛也是這樣……這傢伙難道是那種分不清楚現實與虛擬界限的瘋狂動漫迷嗎？

但是，輝夜姬似乎早已習慣飛羽的言行，露出溫和的笑容安撫他。

「小飛羽太緊張了，大家只是一起玩遊戲而已哦。」

輝夜姬伸出手，做出想要摸頭的動作。

因為飛羽太高了，輝夜姬摸不到頭，所以他立刻蹲下。

「乖、乖……小飛羽乖，安心地跟大家一起玩耍吧，這裡的各位大人都不是壞人喔。」

一邊摸頭，輝夜姬這麼說。

「……既然公主您都這樣表態了，唔。」

被摸頭時，飛羽像小狗一樣露出享受的表情，語氣上也終於屈服。

於是，桓紫音老師扠著腰，站在雙方中間做出最後結論。

「咯咯咯咯咯……飛羽，汝真是個怪人呢，不過吾不討厭汝的個性。總之，快點開始遊戲吧。」

一陣雞飛狗跳後，大家圍繞著「轉轉殺手君」站成一個圓圈。

「輝夜姬公主的期望，也就是我的期望。既然公主恪遵『大義』並以禮相敬，那麼怪人社的各位，我也會以閣下之稱……好言相待。」

飛羽是這麼說的。

姑且不理會這個怪人，大家按照說明書上的步驟，伸出手指，去觸摸「轉轉殺手君」內部的小椅子。

在大家各自碰完一張小椅子之後，「轉轉殺手君」發出像龍捲風來臨的呼嘯聲，接著教室裡的燈光忽然熄滅。

「好、好黑！」

「怎麼連走廊外面的燈光也沒了？」

迎來片刻慌亂後，「轉轉殺手君」的內部構造——古羅馬競技場正中央的火堆，忽然熊熊升起，以火光照亮整間怪人社。

隨著火勢轉盛，插在火堆正中間的大劍，也逐漸被燒紅，劍身上冒出點點紅星。

緊接著，在火堆周圍的許多小椅子面前，各自投射出一道Q版的小人影。那些人影各自對應我們其中一個人，只是頭大身體小的樣子，看起來有點滑稽。

「玩家您好，歡迎使用『轉轉殺手君』。接下來將為各位隨機分配職業——請與夥伴同心協力，一起取得最後的勝利吧。」

轉轉殺手君裡響起電子合成音。

緊接著，所有人的Q版人物高高跳起，再次落下時已經坐在椅子上。

「——職業分配完成，二十秒鐘後，火堆的光芒就會熄滅，屆時將展開第一個夜晚，請做好心理準備……」

「……」

我看向自己的Q版人物，他坐在椅子上蹺起二郎腿，一副很臭屁的樣子。

但是，與剛開始的便服裝扮不同——我的人物已經穿著警察制服，頭上也戴著警帽。

……也就是說，我是警察。

那麼，我的夥伴是誰呢……？

我向其他座位看去。

啊、是沁芷柔，Q版的沁芷柔也穿著警察制服——只有同伴可以看見對方的特殊穿著，敵人看起來則是普通的衣服。

接著夜晚來臨了，火堆頓時熄滅。

根據規則，夜晚來臨時相同陣營的人可以進行交談。

就像網路遊戲裡打字進行交談一樣，我面前忽然出現了螢光幕，用思想就可以在上面輸入文字。

沁芷柔：安安。

柳天雲：……安安？

沁芷柔：你可不要覺得奇怪哦，在網路上這樣打招呼是很普通的事。話說回來，好懷念啊……之前在網路上寫輕小說的時候，總是好多讀者回覆我、讚賞我，啊啊……果然寫作的動力就是來自讀者呢。

柳天雲：安安。

沁芷柔：不要重複輸入啦!!

柳天雲：嗯，抱歉，剛剛還不太習慣這系統。那麼……警察晚上可以查詢一個人確認身分吧，我們要調查誰呢？

沁芷柔：哼哼，這問題問本小姐就對了，答案就像寫偵探小說一樣簡單。

柳天雲：是的？

沁芷柔：首先當然是調查狐媚女。

柳天雲：咦？風鈴嗎……為什麼是她？

沁芷柔：這還用說，照偵探小說的理論，越不可能是凶手的人越可能是凶手！

柳天雲：這樣啊……好吧。

由於第一個晚上沒有任何線索，所以調查誰其實都差不多。

所以我們一起指定了風鈴。

之後，椅子上——Q版柳天雲跟Q版沁芷柔站起來，拿出發光的放大鏡一起照向Q版風鈴的方向。

「……」

「猜錯了……」

結果風鈴是平民。

假設場上是兩殺手、兩警察、三平民這樣的配額，那只剩下四個人還沒確定身分。

緊接著，白天來臨。

在火堆重新燃起的剎那，風鈴的Q版人物忽然捧著心臟露出痛苦的樣子，接著從椅子上滾落在地。

根據規則，死者可以在屍體上留下泡泡框遺言，風鈴留下的遺言是：「嗚嗚嗚……」

才調查完風鈴，她就被殺手幹掉，這樣一來剛剛的調查就變得毫無意義了……

我們等於又要摸黑重新開始。

不過，事後我才發現，殺手方抱持的心態跟我們一模一樣。

「越不可能是警察的人，越可能是警察！」於是風鈴就這樣被刺殺出局。

接著是所有人的交談時間。

雛雪：風鈴死掉了呢……

桓紫音老師：確實。

雛雪：話說這裡是用打字的方式進行溝通，恰好很適合雛雪呢。像這樣子——「呼哈哈哈哈哈哈哈，雛雪是毀天滅地的大魔王——!!」也只要短短三秒就能輸入完成。

沁芷柔：……呼哈哈哈哈哈哈，沁芷柔是毀天滅地的大魔王——!!很抱歉，本小姐只要兩秒就打完了，而且還比妳多一個字。

輝夜姬：請恕妾身失禮，但是……速度快有什麼意義嗎？我們現在要抓出殺手對吧？

飛羽：啊、輝夜姬公主，有關殺手的事，我已經有了頭緒。

飛羽這麼一說，螢幕上頓時浮出滿滿的驚嘆號，大家都相當驚訝。

接著Q版飛羽站在椅子上，遙遙指向Q版柳天雲。

飛羽：簡直太明顯了，柳天雲閣下就是殺手!!

飛羽送出一個拳頭的符號，代表他堅定的立場。

面對他的指責，我吃了一驚。

我明明是警察，飛羽為什麼要瞄準我呢？難道他才是真正的殺手，想要引導局面？

飛羽：他長得就是典型的殺手模樣，我十分肯定他就是殺手！

這遊戲是邏輯推理遊戲好嗎！哪有人用長相來推理的啦，還有以貌取人是最差勁的行為喔！

由於遊戲才剛開始，大家都沒有輕舉妄動，第一個白天就這樣默默過去了，沒有任何人被投票吊死。

黑夜再次降臨，又輪到夥伴的討論時間。

沁芷柔：安安。

柳天雲：……安安。

沁芷柔：查詢飛羽吧，那傢伙很可疑。

柳天雲：確實。

於是我們把放大鏡照向飛羽。

但是，飛羽也是平民。

沁芷柔：——這傢伙根本是暴民嘛！胡亂指證！

柳天雲：沒錯，可是這麼一來……殺手的範圍已經篩減很多了，雛雪、輝夜姬、桓紫音老師這三個人裡面，肯定有兩位是殺手。

沁芷柔：嗯嗯，但下一回合開始會變得很不利，因為天亮又會死一個人，到時候就變成兩殺手VS警察加平民總共三人，如果下一回合不吊死一個殺手，再經過一個夜晚人數就會削減成二對二，票數未過半便無法吊死處決，就會進入殺手穩贏的局面了。

柳天雲：也就是說，勝負就看下一回合了對吧。

沁芷柔：嗯，如果下回合沒抓出殺手的話，就是我們輸了。在有必要的時候，不惜暴露警察身分也要解決一個殺手……關於這點，你有什麼頭緒嗎？

柳天雲：其實我覺得桓紫音老師很可疑。如果沒有被某暴民吸引注意力，本來我會優先探查她。

沁芷柔：？

柳天雲：風鈴死掉的時候，她只說了一句「確實」，反應實在太過平淡了。

沁芷柔：不然呢？

柳天雲：正常來說，桓紫音老師應該要說出「咯咯咯……就連首席黑暗騎士也無法避免深淵的召喚嗎……」之類的中二發言，這樣才符合桓紫音老師的個性。

沁芷柔：好、好細膩的心理推測，不愧是你啊……中二病總是特別能理解中二病呢。

柳天雲：我才沒有中二病。

沁芷柔：……

柳天雲：總之，天快亮了……加油吧！抓出殺手，迎向勝利！

沁芷柔：^_^，如果獲勝的話，人家考慮給你一點福利哦。

對話時間結束了，白天再次來臨。

在旺盛的火勢中，Q版人物們再次對望。

接著毫不意外地，再次有人被殺害。

死掉的是雛雪，她同樣留下毫無參考價值的遺言。

「……好想吃布丁。」

但是。

但是……在意識到雛雪出局的瞬間，我跟沁芷柔同時看向對方。

——贏了！

飛羽是平民，我跟沁芷柔是警察，換句話說……輝夜姬跟桓紫音老師就是殺手，用最簡單的排除法便能得出這個結論。

我們可以說是幸運女神眷顧的一方，假設被殺死的平民是飛羽，在雛雪身分不明的情況下，我們就必須碰運氣出面指認。

不過，也可以理解殺手方的想法，不是同伴卻胡亂指責別人是殺手的飛羽，是抵擋攻擊的優秀箭靶，留下來是比較理想的選擇。

不管怎麼說，這次是我們贏了。

只要我們這一回合公投解決殺手，即使下一回合殺手再殺死任一個警察或平民，我方依然擁有壓倒性的人數優勢。

換句話說——我們已經找出了這局「殺手遊戲」的必勝法！

於是，我立刻在公共頻道發言：

柳天雲：哼哼哼哼……哈哈哈哈……哈哈哈哈哈哈哈哈……

當然，在分出勝負的關鍵時刻，正義該有的格調還是該展現出來，於是我在頻道裡大笑。

柳天雲：我是警察!!已經查證殺手是桓紫音老師跟輝夜姬，大家一起指證她們！

桓紫音老師：零點一，別亂說，吾是平民喔！

輝夜姬：……

眼看殺手方還想狡辯，為了堅定大家的想法，我立刻把處決的投票壓在輝夜姬身上。

並對沁芷柔投以暗示的眼神，示意她跳出來替我壯大聲勢。

「——!!」

沁芷柔會意。

於是她立刻跳出來發言：

沁芷柔：安安。

柳天雲：這時候就別安安了啦!!

沁芷柔：啊……對、對哦！我也是警察，凶手確實是老師跟輝夜姬沒錯，大家快上！

沁芷柔也跟著把票投在輝夜姬身上。

但是，殺手方也不甘示弱，兩人立刻把票也壓在我的身上，變成兩票對兩票的局面。

柳天雲票數：二。

輝夜姬票數：二。

螢幕上這麼顯示。

沁芷柔：哼哼……妳們已經沒有勝算了，趁早死心吧！

……彷彿理解到了事實。

原本一直沉默的Q版輝夜姬，在這時候露出笑容。

將和服的下襬仔細攤平壓好，在椅子上擺出正坐的姿勢，Q版輝夜姬的態度很平靜。

輝夜姬：那麼，請取走妾身的性命吧。如果身為邪惡的一方是妾身無法避免的宿命，那妾身也只能以鮮血來洗刷這份恥辱。

正當輝夜姬束手待斃之時，Q版飛羽忽然離開了自己的座位，走到她面前，緩緩單膝跪下。

飛羽：我是一名騎士，是替公主斬除一切的劍，永遠不會背叛公主的期望。

飛羽：以守護公主為己任，善與惡，對於我來說只是次要的附加產物……如果公主選擇毀滅世界，那我也會追隨其後。

飛羽：所以……即使必須拋下夥伴，背棄自身所信奉的正義，只要能通往輝夜姬公主所走的道路……那麼，原先再怎麼致命的錯誤……也將成為堅定不移的「正確」。

一邊發言，飛羽一邊把票壓在我的身上。

於是，票數產生了變化。

柳天雲票數：三。

輝夜姬票數：二。

在所有人都完成投票的瞬間，火坑中間的大劍忽然飛起，接著把我的Q版人物砍成兩截，完成了處決。

說好的吊死呢！

先不提行刑方式的詭異，在我的人物死掉之後，就已經註定這場遊戲，警察與平民方會敗北。

於是之後就是一面倒的屠殺，票數已經不夠進行多數決，殺手方一個一個解決我方的成員，遊戲就此結束。

遊戲結束後，教室裡的日光燈恢復運作。

沁芷柔氣呼呼地站起來，看向飛羽。

「你這傢伙是怎麼回事呀！一般來說，平民都要幫助警察的吧，我們是同盟的耶！」

飛羽搖了搖頭。

「我是輝夜姬公主的騎士，行事的準則僅此而已。」

「那究竟是什麼準則啊！一點也不合理好嗎！」

沁芷柔正準備走過去理論，飛羽卻忽然臉色大變。

他按住腰中的長劍，樣子非常難受。

「止步，別再靠近！妳那有礙觀瞻的肉塊，光是接近兩公尺以內，就會削減我的守護騎士之魂！剛剛玩遊戲時，我已經忍很久了！」

「什、什麼呀！」

面對陌生人莫名其妙的指責，加上剛剛遊戲中受到的委屈，沁芷柔氣到眼角有點泛淚。

風鈴趕緊過去安慰她。但是，飛羽立刻又發出大喝。

「妳也止步，肉塊二號!!」

「肉、肉塊二號!?」

風鈴傻眼。

飛羽的表情凝重。

「還有那邊也有個穿著熊熊布偶套裝的肉塊三號……唉，這個社團裡看來只有桓紫音閣下能夠接近。」

「……」

輝夜姬在這時候高高舉起手。

飛羽蹲下。

輝夜姬用力一敲飛羽的腦袋，秀氣的眉毛豎起。雖然是不開心的樣子，不過依舊很可愛。

「小飛羽，你太失禮了!!怎麼可以把雛雪大人、風鈴大人、沁芷柔大人叫成『肉塊』呢?她們都是妾身的朋友，同時也是必須尊重的好人。」

「公主大人，可、可是……她們不像公主您一樣有輕盈的體態，反而是胸前掛著令人反感的多餘贅肉，我說的都是事實！」

「小飛羽，妾身已經說過多少次了，妾身只是纏著裹胸布而已，解開來的話還是很有料的。」

「呵呵，公主大人您又在開玩笑了，纖細、可愛、完美無瑕的公主您，怎麼可能會是醜陋的肉塊怪物呢，請別再開相同的玩笑了。」

在我們的面前，A高中的兩人開始爭執起來。

聽對話，貌似是從中學開始，輝夜姬就不斷強調自己的身材不錯。但身為超級貧乳控的飛羽，固執地認為公主是在開玩笑。

他們的交談引起了某個人的共鳴——

「非常好，騎士飛羽唷！汝的意見深得吾的認同，吾可以把『墮天幽暗騎士』的封號賜予汝！」

「……我才不要，難聽。」

「汝、汝說什麼——!?」

被狠狠拒絕的桓紫音老師，也跟著憤怒起來。

「……」

「……」

接著戰團再起，社團裡開始激烈的爭執大混戰。

「……」

我沒有參與戰團，而是嘆了一口氣，悠哉地看向窗外。

啊……比往常還要吵鬧啊，今天的怪人社。

第六話 為了面子，我說不定連魔王都能幹掉

又一個黑夜。

時隔多日後，我再次來到「轉轉思念君」面前。

「你好久沒來了。」

九千九百九十九號說。

依舊是少女的形象，背靠在螢幕的邊緣，她仰望著戶外的天空。

「我有時候會偷看你們，你們……好像很快樂。」

我一怔，點點頭。

「比起你們……我只能待在機器中……待在這個囚籠裡。也不知道為什麼，每次想到這裡，負責思考運轉的部分會慢慢變得遲鈍……或許，這就是你們人類名為『哀愁』的情緒？」

我搖搖頭。

眼裡帶著迷惘，九千九百九十九號的話聲漸漸低了。

「下次……可以帶別人一起過來聊天嗎？白天的時候，人太多了，我不好意思開口……有時候我也想跟別人聊聊天，說不定……思考起來就不會那麼遲鈍了。」

……哀愁嗎？

她有著人工智慧不該存在的情緒。

但是，面對這樣子的她，不知為何，我的內心也總是升起莫名的苦楚。

「……妳想要跟誰聊天？」我問。

九千九百九十九號看向我。

「風鈴……那個溫柔的少女……看見她……我有種感覺……記憶體中的某部分資料即將解鎖……」

風鈴？

「為什麼是風鈴？」我又問。

九千九百九十九號沉默片刻。

「我不知道……但是，每次看見那個名為風鈴的人類少女……站在你旁邊……整個作業系統都會開始產生動搖……七六四二三四博士為什麼要創立這樣的系統……人家不明白……」

我也不明白。

其實，我也有太多的不明白。但是，現在的我像是陷入了迷霧中，血與火……怪夢……彷彿來自過去的我的呼喊……都替我增添了心理壓力。

唯有待在怪人社與大家相處，那無憂無慮的生活能讓我暫時忘卻一切煩惱，專注在寫作上。

不管遇見什麼樣的難關，只要與大家一同承擔，都可以順利跨過。

快樂與快樂因相乘而倍增。

痛苦與痛苦因訴苦而遞減。

隨著一天又一天過去，時光飛逝，總是互相吵架的我們，也逐漸建立起深厚的情誼。

沒有任何外人可以破壞我們的關係，即使處境再怎麼艱苦，也能攜手共度難關。

「……彩虹。」

沒錯，就像彩虹一樣。

大雨後，在遙遠的天際，產生的彩虹，總是令人憧憬而感到眩目。

美好。

瑰麗。

無憂無慮。

就像建立在那樣子的彩虹上，怪人社的全體全員，幸福程度已經達到巔峰。

好快樂……真的好快樂……

「時間要到了……主人……如果可以的話……請您……下次把風鈴帶來……」

九千九百九十九號的聲音逐漸變得微弱。

接著螢幕再次變得黑暗，這次的交談終於宣告用盡。

「……」

我轉身離開怪人社。

再次把「轉轉思念君」關入了黑暗中。

「吶、吶、吶、吶、吶～～學長，我說學長～～」

「……什麼事？」

放學後，在前往怪人社的路上，雛雪從後面追上我。

今天她穿著毛茸茸的狐狸套裝，剛出現就已經是痴女型態。

「學長，今天雛雪學會一個新的英文單字唷！想要複習給學長聽。」

看著我抬頭說話，她將整個身體貼過來，擠向我的肩膀。

……好熱。

「什麼英文單字？」

雛雪握住拳頭，得意地在胸前搥了一下。

「Oral Se——」

「停！」

我打斷雛雪的複習。

……果然嗎，又是色色的英文單字。

接著，我嘆了口氣，以學長的身分展開說教。

「……雛雪。」

「啊、這語氣……學長又要說教了？好的～～雛雪在這裡聽著唷!!」

雛雪蹦蹦跳跳地攔在我面前，向我行了一個軍禮。

對於這個學妹，我感到頭痛。

為什麼就不能像風鈴那樣乖巧、可愛又溫柔呢？這傢伙除了清秀的長相與繪畫技術之外，都會被全然劃入殘念怪人的範疇。我甚至懷疑如果現在怪人社舉辦「怪人戰鬥力大賽」，雛雪可以立刻奪冠。

但是說教還是必須的。

「雛雪……坦白說，獨行俠的恥力已經比一般人高了，但就連我聽了都覺得羞恥……那些色色的話，正常女孩子不會掛在嘴邊，妳最好不要再說了。」

「最、最好不要再說了!?」

雛雪臉色忽然變得蒼白，捧著自己的胸口不斷後退。

「嗚啊……學長好殘忍，太殘忍了喔！這是叫雛雪再也不要說話了嗎!?」

等等，妳只有色色的話可以講嗎！

雛雪的情緒越來越激動。

「就算雛雪平常都用繪圖板寫字，這也是雛雪沒辦法接受的惡毒建議唷！嗚嗚……學長簡直比巫婆還要惡毒，雛雪很難過、超級難過的唷！」

由於我的路被雛雪攔住了，而且她完全不肯讓開，我只好停下腳步，耐心與她溝通。

「不……妳聽我說……」

「學長才應該要聽雛雪說!!」

好、好大的音量。

她的眼神裡燃燒著全力以赴的火焰，完全開啟了認真模式。

糟糕，難道我觸碰到雛雪的禁忌了嗎？

接下來，雛雪伸出手指向我。

「學長，聽好了！雛雪一直以來都有個願望！」

願望？

什麼願望……？

我安靜地等待雛雪說出答案。

「——像輕小說裡的主角一樣，穿越後轉生成為魅魔，這是雛雪的畢生願望！這是超級認真的、無敵認真的大願望喔！」

「……哪部輕小說的主角穿越之後轉生成魅魔了啊？」

我很想知道，但雛雪不理我的問題。

拉了拉自己狐狸套裝的耳朵，雛雪鄭重發言。

「——不需要穿這種套裝，也可以有尖尖的耳朵、長長的尾巴，還有飄浮的能力——再來，最最最最最重要的是～～魅魔全身上下都可以成為榨精的武器，可以說是雛雪最佩服的物種！學長，現在你瞭解雛雪的堅持了嗎？」

「不……就算妳這麼說……」

「啊！輕小說家不是都喜歡舉例嗎？雛雪來舉個例子好了，就像極真流的空手道學徒，看見流派創始人『大山倍達』出現在自己面前，那是無法言喻、發自心靈的激動唷！」

「不……就算妳這樣舉例……」

大山倍達的例子我可以認同，可是雛雪的理論就讓人覺得很奇怪……感覺同意的話，自己的價值觀就輸了。

「嗚～～嗯～～怎麼學長就是不懂魅魔的優點呢！遲鈍、烏龜、木頭、大笨蛋！」

雛雪吸氣鼓起臉頰，似乎真的很生氣。

不過她接下來的話，更是超乎我預期。

「那麼，雛雪就用『必殺・真理傳遞之術』提點一下學長吧。」

「……嗯？」

「其實魅魔會煉金術哦，怎麼樣？這個算是優點了吧！」

煉金術啊……確實能算優點。

不過，我從來沒有聽過魅魔會用煉金術的傳聞。

「——變成魅魔的雛雪用處女之身交換學長的處男之身，這就是煉金術的『等價交換』原理喔！」

完全不是好嗎！別擅自曲解某部漫畫的名臺詞啊！

給我向《●之煉金術師》道歉！

說到這裡，一口氣說了一大堆話的雛雪停下來呼呼喘氣。

又過了好一陣子，雛雪終於抬起頭來，向我再次發問。

「……以上，學長覺得雛雪的理論如何呢？」

……

……

「我覺得妳是大變態。」

怪人社裡。

原本在玩「闇黑真龍破・成語文字方塊」的沁芷柔，忽然按下ＰＳＶ的暫停鈕。

接著她轉向旁邊，露出有點不滿的表情。

「喂，我說悶騷女，妳為什麼這麼開心啊？」

即使被沁芷柔冠以「悶騷女」的蔑稱，雛雪依然沒有生氣。

「哼哼哼～～哼哼～～哼哼哼～～哼哼～～哼哼哼哼～～」

相反的，她的心情非常非常好，無法抑制地哼著歌露出傻笑，導致引起沁芷柔的注意。

雛雪轉過頭，看向沁芷柔。

接著她「嗤」地笑了一聲，單邊嘴角揚起，露出勝利者鄙夷弱者的笑容。

「……剛剛學長稱讚雛雪了喔，非常鄭重地稱讚了雛雪。啊、啊啊、啊啊啊……雛雪全身都要發麻了，光是聽到學長的稱讚，身體深處就不斷湧起快感……不愧是鬼畜王前輩呢……太厲害了……雛雪果然沒有進錯社團。」

「柳、柳天雲稱讚妳？」

沁芷柔放下ＰＳＶ。

原本只是隨口問問的姿態，忽然變成整個身體轉過去詢問的架勢。

「他稱讚妳什麼？」

雛雪又「嗤」地笑了一聲。

「……學長稱讚雛雪『大變態』，這對雛雪來說簡直是至高無上的稱讚……啊、啊啊啊啊……快感又要湧起來了……」

「嗚噁……那算什麼稱讚……」

聽完雛雪的自白，沁芷柔露出看到蟑螂般的表情。

可是雛雪的表情依舊像個勝利者。

「如果沁芷柔學姊羨慕的話，拿妳的身體做為交換的籌碼，雛雪可以考慮把學長的讚賞分一半給妳。」

「——我才不要!!」

「啊、學姊真是激動呢。」

「廢……廢話，妳這大變態！」

「嗚……嗚喔……感覺又要湧上來了……好棒……!!」

遭受責罵的的雛雪，滿臉通紅、夾緊大腿坐在位子上，似乎連挺直腰桿都無能為力，柔弱地把臉貼在桌面。

真是個變態……嗯，這次可不能說出口。

「咦……？」

風鈴露出遲疑的表情，看了看雛雪的方向，最後把椅子挪遠了一點。

輝夜姬則是完全不為所動，繼續織她的和服。

話說……空閒的時候總是看到輝夜姬在編織和服。對於衣著，輝夜姬似乎有她的獨特堅持。

「妳怎麼常常在織和服呢？衣服不夠嗎？」

我好奇地問輝夜姬。

「……」輝夜姬笑著搖頭。

隨著輝夜姬來怪人社的次數增加，大家已經徹底習慣輝夜姬參與社團課程了。

甚至桓紫音老師在點名時，也會點到輝夜姬的名字，完全就是實質社員的程度。

「……」

這時候，教室的大門忽然打開。

超乎估計的狀況也接著發生。

……一群卡通畫風的蝙蝠飛了進來。

卡通蝙蝠們在教室裡不斷盤旋，接著聚集在講臺上，發出「砰」的一聲，化為一陣白色煙霧。

白色煙霧瀰漫整間教室，在大家的咳嗽聲中，過了十幾秒才逐漸散去。

「咯咯咯咯咯咯……」

桓紫音老師在煙霧中逐漸現形，坐於講臺上，上半身套著紫色小套裝，背披紅色披風，下半身則是黑色絲襪。

更令人想吐槽的是，她手上還端著一杯紅酒，似乎是想充分展現出吸血鬼皇女的風範。

「……如何？愚昧的闇黑眷屬們唷——!!見識到吾真正的力量了嗎？這招乃『闇影獻祭之術』……可以讓吾藉由蝙蝠出現在任何地方！」

「別濫用晶星人的道具啦！」

沁芷柔一邊咳嗽一邊抱怨。

但是桓紫音老師一聽之下，像是被戳穿謊言的幼稚小鬼那樣，立刻惱羞成怒。

「什、什麼濫用晶星人的道具？可惡的乳牛，簡直一派胡言！聽好了，吾是仰賴闇・維希爾特・玫瑰一族的種族天賦，加上解放吸血鬼皇女之真名，才能施展出『闇影獻祭之術』的!!」

「……」

沁芷柔露出「這傢伙在說什麼啊」的表情。

「咯咯咯……哈哈哈哈哈……臣服於吾的偉大之下吧，如此一來，吾便會把闇黑皇朝的無上榮光分享……」

桓紫音老師的中二臺詞還沒說完，雛雪的聲音忽然從遠處傳來。

「啊、教室外面有一臺蝙蝠造型的奇怪機器。」

雛雪蹲在教室門口，回頭向我們這麼說。

「原來是這樣啊……」

於是，大家一起盯著桓紫音老師。

看著她的造型。

看著她被揭穿後露出急著想掩飾的表情。

「——!!」

接著她迅速紅了臉。

「煩、煩死了！吸血鬼皇女的尊嚴不容冒犯，再吵的話下次就把汝等的作業加量十倍!!」

啊、又惱羞成怒了。

又嚷嚷了好一陣，原本要讓我們進行自由寫作的桓紫音老師，忽然改變了主意。

「看來汝等並不信服吾的黑暗之力……好，那麼變更今天的上課內容。」

……好隨便的感覺。

只是，要上什麼課一向是桓紫音老師決定，所以我們只好乖乖等候新的課程內容。

「對於闇之力的信仰不夠虔誠……這是汝等的致命傷。哼……沒關係，吾會讓汝等體會的。」

不，請手下留情。

請仔細想想，如果雛雪、沁芷柔、輝夜姬這些原本就已經夠怪的怪人，又變成滿口「接收吾的黑暗之力吧」的那種人，會產生什麼結果？

會變得超級可悲，這是唯一的可能性……負負得正這種幸運的事情，絕對不會發生在我們身上。

「那麼，首席黑暗騎士、零點一，汝等去把教室角落的電視機跟PS4搬出來。」

會用到PS4啊……要上什麼課呢？

我跟風鈴合力把PS4搬出來，並且將連接線插好，最後利用手柄遙控開啟了PS4。

「吾找找……吾找找……有了!!」

從PS4的附屬光碟盒裡，桓紫音老師搜刮出一片遊戲片。

「《灰暗靈魂Ⅲ》……」

我念出遊戲片上的名稱。

光是聽名字就有夠灰暗，這到底是什麼遊戲呀？

幸好桓紫音老師很快開始解釋：

「這是一款硬派動作遊戲，以超級高難度著稱。據說如果每死亡一次就做一下伏地挺身，玩家在遊戲通關之後，就會變成像巨石強森一樣的壯漢。」

嚇死誰啊！這遊戲到底有多難！

雖然不知道桓紫音老師有沒有誇飾，但這遊戲的難度我已經粗略瞭解了。

接著，大家猜拳決定誰先玩。

因為桓紫音老師是教師，所以並不加入猜拳的行列。

「剪刀、石頭、布！」

最後，沁芷柔是猜拳的輸家，所以由她先上。

「……一般來說，都是猜贏的人先玩吧。本小姐還沒接觸這遊戲，就已經充分體會到這遊戲的灰暗了。」

沁芷柔接過遊戲手把，正坐在螢幕面前，等待遊戲開始。

這是一個傳世之火即將熄滅的遊戲世界，在一群修道者長途跋涉的過場動畫之後，進入創建角色的畫面。

首先得取一個遊戲暱稱。

「校園……美少女……沁芷柔大人。」

沁芷柔在取名的同時念出自己的暱稱。

「等等、等等等等等——！乳牛!!」

「怎、怎麼了嗎？」

沁芷柔被桓紫音老師的反應嚇了一跳。

「乳牛，給吾聽好了！根據說明書上的介紹，主角的任務是要將傳世之火繼續延續，為此必須追殺三位不願配合的『薪王』。以下犯上，以弱者之姿挑戰強者，將這些『薪王』們都斬殺之後，才能拿到旺盛傳世之火的柴薪！」

「那、那又怎樣？」

桓紫音老師一口氣說完一大段話，被她充滿氣勢的說話方式所影響，沁芷柔滿臉困惑。

桓紫音老師繼續發言：「這遊戲的世界觀如此恢宏壯大，既黑暗又令人充滿靈魂的顫慄感，不覺得該認真想個好暱稱，才不會辜負這款遊戲嗎——這樣吧，汝的暱稱就叫『皇家滅世破壞獸』，這樣如……」

「我才不要！」

沁芷柔忽然反應了過來。

以非常乾脆的說話方式，她否決桓紫音老師的提議。

「為什麼不要！乳牛，枉費吾過去三萬年的教誨，汝真是讓吾感到痛心！」

「妳是柳天雲嗎！我才不要那麼中二的名字！」

「竟、竟然把吾跟柳天雲那種嚴重中二病的傢伙相提並論嗎……嗚啊……乳牛，汝果然被神聖陣營給籠絡了啊……」

……

……

妳才沒有資格說我中二病！

最後，沁芷柔還是以「校園美少女沁芷柔大人」的暱稱出發了。

職業方面，她選擇敏捷型的刺客。

「哼哼……本小姐的反射神經可是很優秀的哦，動作遊戲什麼的，根本不在話下。」

「沁芷柔大人，請聽妾身一言……妾身那時代有個習俗，誇耀自己卻無法達成實績的人，鼻子會悄悄變長的……所以請別說了。」

「……像小木偶一樣嗎？」

「是的。」

「……總之妳不用擔心啦，本小姐可是很厲害的。」

「這樣啊……那麼失禮了，是妾身有所多慮。」

遊戲終於開始了。

沁芷柔操控的刺客從灰白色的棺材裡爬出，接著遊戲就直接開始了。

熟悉基本操作後，穿著酷炫黑衣的刺客，戰意高昂地往前邁進。

然後在不遠的轉角處，她遭遇遊戲中第一個敵人。

那怪物披著斗篷，乍看之下像人，可是頭罩內的面孔，卻像殭屍一樣猙獰醜惡。

風鈴不安地縮了縮肩膀，接著朝我靠近。

「前、前輩、怪物長得好可怕……」

「嗯嗯……確實挺可怕的……不過沒關係。」

我安慰風鈴。

光是怪物的外表……就足以讓膽小的人降低鬥志，這遊戲果然不簡單。

幸好那怪物似乎警戒範圍並不大，只是呆呆站著，沒有主動向玩家襲來。

「……」

但是沁芷柔似乎也猶豫了，她身體抖了一下，刺客的腳步頓時中止。

刺客就這樣停在遠處觀察怪物，然而怪物又擋在必經之路上，形成僵持的局面。

桓紫音老師敏銳地發覺情況，立刻開口：

「乳牛，汝不會是害怕了吧？」

「……怎麼可能，沁芷柔學姊才不會害怕呢。」

回答桓紫音老師的是雛雪。

左手拿著繪圖板，面無表情的雛雪不斷加寫著字。

『本小姐的反射神經可是很優秀的哦，動作遊戲什麼的，根本不在話下。』

『妳不用擔心啦，本小姐可是很厲害的。』

寫出剛剛沁芷柔說過的話，雛雪追加了致命一擊。

「這樣子的沁芷柔學姊，怎麼可能會害怕呢？」

每字每句都說到了關鍵上，卻又令人無法反駁。

嗚啊……不得不說，由愛生恨的女人真可怕。

反觀另一邊的沁芷柔。

「嗚……!!」

她的臉色漲紅，面對醜惡的怪物與雛雪的話語，陷入了兩難。

不過，似乎是因為察覺大家的視線漸漸凝聚，她逞強地做出發言。

「呼哈哈哈哈……哈哈哈……說得沒錯，本小姐怎麼可能會害怕呢！」

於是刺客開始前進。

但是與之前直線前進的動作相比，現在在走路的同時，刺客的身體不斷產生微幅的晃動。

「……這難道是傳說中的Z字抖動？」

桓紫音老師看著說明書。

「Z字抖動……只有最厲害的動作遊戲玩家才能使出的技巧……藉由微妙的晃動來抓取距離感，隨時準備做出反擊動作，據說只有萬分之一的玩家能夠精確掌握！」

「……」

不，您多慮了，我覺得沁芷柔只是單純手在發抖而已。

隨著刺客逐漸靠近，原本呆滯的怪物忽然甦醒，發出咆哮聲之後朝著玩家衝來。

「咿——咿——!?」

發出驚恐的叫喊，沁芷柔手忙腳亂地應付怪物。

在連續空揮幾下攻擊之後，刺客在斗篷怪物的連擊中倒下。

竟然遭遇第一隻怪物就死掉了啊……沁芷柔臉紅了。

「都、都是這怪物長得太可怕了！怪物的一舉一動人家都看得很清楚，只是有點慌張，所、所以才產生失誤！」

「……」

聽完沁芷柔的解釋，怪人社裡一時陷入沉默。

接著，輝夜姬繞到對面仔細觀察沁芷柔。

盯～

輝夜姬用和服袖子蓋住下半張臉，盯著沁芷柔的鼻子看。

「嗚……!!」

沁芷柔臉越來越紅。

盯～～～～

終於。

「嗚嗚……」

沁芷柔遮住自己的鼻子，大叫出聲。

「沒有變長啦！才沒有變長！」

那聲音已經帶著哭腔。

因為沁芷柔實在太可憐了，所以由我接手，繼續玩這款名為《灰暗靈魂Ⅲ》的遊戲。

在通往 Boss 房間的路途中，其實敵人的數量並不多，但是攻擊都非常強力。

舉個例子來說好了，玩家可以兩三刀幹掉怪物，但是怪物也擁有差不多的攻擊力；而且玩家被擊中會出現極大的硬直，這時候如果沒有立刻翻滾，可能就會被活生生連擊致死。

如果稍有不慎，就連最普通的小怪都可以讓你翻船，《灰暗靈魂Ⅲ》就是這樣的遊戲。

時間飛逝。

擷取半小時的死亡經驗後，我已經歸納出對付小怪的最佳方法。

先用手上的盾牌防禦怪物的攻擊，等到怪物的刀子彈開，再以行雲流水的連續刺擊殺死怪物，這是最妥當的方式。

雖然用盾牌抵擋攻擊會稍微扣一點血，但這打法勝在安全。

於是一路上清掉諸多小怪，我終於來到 Boss 的面前。

「……!!」

Boss是一個看起來像雕像的大傢伙，脖子附近有像是黑色樹幹一樣的東西正在不停蠕動。

它至少有玩家的兩倍高，體型更是數倍粗壯，身上充滿誇張的肌肉線條，光是遠觀就充滿壓迫感。

不過，Boss並沒有立刻殺過來，而是安靜地半跪在地上。

「那個……他的胸口好像插著一把武器……」風鈴說。

仔細一看……風鈴說得沒錯，雕像的胸口插著一把大戟。

我小心翼翼地接近Boss，Boss並不像一般小怪那樣直接撲來，始終維持半跪的姿勢。

走到Boss面前，這時系統提示我可以按○。

「總覺得很危險呢……」

按下○之後，主角開始拔出Boss胸口的武器。在令人牙酸的摩擦聲過後，Boss站了起來。

「灰色審判者」，介面下方也瞬間出現Boss的名字以及長到幾乎突破螢幕的紅色血條，並且響起慷慨激昂的配樂。

「啊、它站起來了!!」

灰色審判者慢慢朝主角走去，站起來的壓迫力比之前更強，我忍不住控制主角往後退開，打算暫時觀察對方的動作。

但是，灰色審判者忽然做出蹲下的動作。

接著，它高高躍起，竟然用非常迅速的動作跳了過來。

「啊啊喔喔喔喔喔喔喔!!」

我被嚇了一大跳，趕緊翻滾躲開灰色審判者的落下攻擊。

之後，它穩住身形，重新擺出攻擊架勢，單手持著大戟不斷橫掃、直劈。以往對抗小怪無往不利的盾牌，在面對Boss時竟然像玩具一樣軟弱，僅僅抵擋兩刀就被破開防禦，完全無法發揮該有的效用。

不僅如此，灰色審判者空著的另一隻手還會用手肘使出鐵山靠，在玩家接近時狠狠把玩家撞開。

「太強了吧？太強了吧！這隻是遊戲裡的隱藏Boss嗎？為什麼一開始就遇到這麼厲害的傢伙啊？」

我拚命閃躲攻擊，一邊激動地喊叫。

由於灰色審判者實在太厲害了，在一分鐘後，我就飲恨於它的大戟之下。

而對方的血量僅僅損失了五分之一。

看著死亡的黑色畫面，我陷入呆滯狀態。

「嗚呃……這隻Boss到底要怎麼對付……它近身會用手肘撞人，中距離會揮舞大戟，遠距離會跳過來使用落下攻擊……簡直完美……不，比完美還要完美！」

「前、前輩加油！」風鈴替我打氣。

「咯咯咯咯咯……看來汝的修煉還不夠呢，零點一。」桓紫音老師的打氣方式依舊中二。

後來，我又嘗試了許多次，不過灰色審判者的實力實在太強，每次都能迅速削減玩家的血量，我始終無法過關。

就這樣在不斷的死亡、重複挑戰的過程中，時間很快過去了四十分鐘。

主角遭遇 Boss 之後總是慘遭痛毆，不停輪迴的死亡過程讓我有點卻步。

我抓著頭髮，打到有點煩躁。

「可惡～～打不贏！這隻王也太厲害了吧！」

過了片刻。

沁芷柔忽然坐到我旁邊，小小聲地對我說。

「不、不如這樣吧，柳天雲……」

「人家可以看清 Boss 的動作，有閃避它攻擊的自信。但、但是它長得太猙獰了，要我攻擊它，我會有點害怕……不如我們聯手，我負責閃躲 Boss 的攻擊，而你就趁著 Boss 攻擊後的空檔按下攻擊鍵，這樣或許就可以擊敗它了。」

啊！

好主意。

沁芷柔的動態視力非常強，卻因為害怕怪物導致過於緊張，常常造成武器空揮。

而我則是有勇氣出手攻擊，但是面對 Boss 的超長血量，如果不完美進行迴避，依舊會是玩家先行倒下。

「嗯，那妳坐我左邊吧。」

我答應沁芷柔的要求。

沁芷柔負責用來移動的左邊搖桿，與用來迴避的X鍵，而我則負責攻擊的R1按鈕。

因為必須同時持著搖桿，所以兩人靠得很近。

沁芷柔整個人往我這邊傾斜，我們幾乎身體貼著身體。然而專注於復仇之戰的沁芷柔，完全沒有發現這一點。

好軟。

女孩子的身體怎麼會這麼柔軟呢？

「好！開始吧！」

與心不在焉的我相反，沁芷柔鬥志高昂到了極點。

「啊、嗯嗯……」

相反的，我從與遊戲毫不相關的思緒中驚醒。

然後下一瞬間，我開始反省。

哼……身為孤獨王國的公爵、曾以獨行俠之王為目標的我……也真是墮落了。

就生理構造來說，女孩子的肌肉比例比男孩子少，所以身體比較柔軟是很正常的事。為了這種再自然不過的事情感到動搖，簡直使格調一口氣跌到谷底，我柳天雲……

「喂，開始了喔！是不好按按鈕嗎？你怎麼都不按攻擊鈕！」

為了清除通往 Boss 房間途中的小怪，沁芷柔操縱角色往怪物靠近，卻因為我剛剛在發呆，所以主角差點白白挨揍。

「喔、喔喔……!!」

……得集中精神才行。

如果被看穿內心想法，總覺得在桓紫音老師、風鈴、雛雪、輝夜姬這些人的注視下，會發生比灰色審判者甦醒更可怕的事。

於是我努力配合著沁芷柔的步調，開始對怪物進行攻擊。

-80！

-88！

-92！

以一套漂亮的連擊，我們聯手打倒第一隻怪物。

就連旁觀的桓紫音老師也發出讚賞。

「……乳牛，沒想到汝偶爾也會提出不錯的主意。」

「什、什麼啦！鼻小看我……嗚！」

沁芷柔急著回話時咬到舌頭，她又氣又急的樣子看起來非常可愛。

我們操控主角繼續前進。

「學長這一次能贏嗎？」

雛雪舉起繪圖板，詢問站在旁邊的夥伴。

「……依妾身之見，勝算並不高。」

「咯咯咯咯……吾之盟友哦！吾的看法與汝相同！」

輝夜姬與桓紫音老師這麼回答。

「……」似乎被小看了。

被小看↓格調下降。

……身為獨行俠，我可不能忍受格調下降的可能性。

再說，經過一路上輕鬆斬殺小怪的過程，我已經充分建立起勝利的信心。

如果這個狀態的話，能行！

「哼哼哼哼……」

於是，我用鼻子發出哼哼地笑。

「哈哈哈哈哈……聽好了！輝夜姬、桓紫音啃——!!」

「……無、無禮的傢伙，竟然直呼本皇女世俗的偽名！」

我不理她，繼續說道：「於挑戰之路上，或許我曾經一再跌倒，摔得滿身傷痕……但是，這一次『我們』不一樣了。」

在說話的過程中，我們再次輕鬆擊殺一隻小怪。

「如果沁芷柔的迴避是最強之盾，那無所畏懼的我的攻擊，就是最強之矛。

「以此矛，以此盾……就算是神……我們也殺給你看！

「哼哼哼哼……哈哈哈哈哈哈哈哈哈哈哈哈哈……」

我的笑聲越來越響亮。

很好，看來格調有所回升！

這時候，伴隨著穿越房門的音效，我們再次踏進王的房間。

與第一次碰見灰色審判者有所不同，在首次拔出大戟之後，每次只要一進房間，灰色審判者就毫不留情地殺過來。

如果沒有心理準備的話，很容易被打到手忙腳亂，甚至慘遭斬殺於戟下。

十秒鐘後。

隨著「咻啪」的一聲，主角被灰色審判者的大戟給刺穿，接著高高舉起，隨手扔下懸崖。

接著是「啊～～～」的一聲慘叫，主角就這樣摔死了。

「不要隨便攻擊啦！看好時機再出手，攻擊的動作僵直會害我不能翻滾！」沁芷柔向我抱怨。

嗚呃！

「如果沁芷柔的迴避是最強之盾，那無所畏懼的我的攻擊，就是最強之矛。」

緊接著，桓紫音老師模仿之前我的語氣。

「以此矛，以此盾……就算是神……我們也殺給你看！」

就連輝夜姬也來湊熱鬧。

「哼哼哼……哼哈哈哈哈哈哈哈……」

我本來又要大笑，但旁邊忽然傳來一道很恐怖的眼神。

是沁芷柔。

「再不認真玩的話，你就死定了——」

那眼神在傳達這樣的訊息。

於是，我乖乖閉上嘴巴，聚精會神地開始遊戲。

終於，我們再一次來到灰色審判者面前。

……收斂多餘的想法。

……整頓自身的狀態。

……因應隊友的配合。

在這一刻，我與沁芷柔的聯手實力到達了巔峰。

伴隨著讓人緊張的系統配樂，灰色審判者蹲下，高高躍起，從遙遠的地方向我們直接跳過來。

「這一招我已經很熟悉了！」

沁芷柔漂亮地翻滾迴避。

而我在起身之後，利用王殘存的僵直時間，以手中的刺針劍戳了灰色審判者一下。

「吼～～!!」

灰色審判者很快恢復動作，對準主角用力砸下手中的大戟。

「看我的！」

沁芷柔再次操縱主角迴避。

「閃得漂亮！」

我再次抓到機會，又戳了灰色審判者兩下。

狀態絕佳。

這樣子配合的話，要戰勝灰色審判者只是時間問題。

以接連不斷的死亡換取戰鬥經驗值，灰色審判者每一個動作都被我們牢牢記在心中。

即使有過一百次的狼狽——只要在最後一次交手的舞臺上贏得乾淨俐落，努力的勝果也將吞噬過去所有的苦痛，化為甘甜鮮美的汁液強韌身心。

隨著時間過去，灰色審判者的血量不斷被壓低。

「好機會！」

沁芷柔又做出一個漂亮的迴避，之後立刻喊出聲音。這次我給了對方整整一套的普攻，主角的刺擊在第四下時會有變化，使出大威力的特殊動作。

-80！

-88！

-93-

-152-

終於，灰色審判者的血量初次被壓低至一半以下。

「照這樣下去，很快就能贏……咦!!」

沁芷柔本來高興地做出勝利宣言，可是灰色審判者身上的異變，讓她閉上嘴巴。

原本纏繞在它脖子附近、不斷蠕動的黑色樹木，此時忽然化為粗大的樹幹沖天而起，像無數條水桶粗細的黑色蟒蛇那樣，在空中擺盪、發出淒厲的尖叫聲。

接著那些詭異的黑色樹幹忽然合而為一，形成一個巨大的樹木妖怪，盤踞在灰色審判者的肩膀上，從制高點低頭觀望我們。它搖擺著蛇頭一樣的頭顱，樣貌恐怖到極點。

「這王竟然可以二階段變身!!」

我大吃一驚。

看來這隻王果然是隱藏 Boss 吧！

樹木妖怪在這時候忽然高高昂起，整個軀幹都弓起蓄力，接著像鞭子一樣，朝我們狠狠抽下。

「啪」的一聲，地面被打得沙土飛揚。

就算沁芷柔已經即時操縱主角進行迴避，攻擊只是擦過身旁，我依舊能感到遊戲手把不斷傳來震動。

「柳天雲，灰色審判者進入二階段之後，攻擊模式我不熟悉，沒辦法保證每次都能避開了——」

沁芷柔拚命閃躲攻擊，並且著急地與我商量戰略。

「——所以呢，我認為應該用『戰技』速戰速決！」

……要用戰技？

確實，在《灰暗靈魂Ⅲ》裡，有著戰技這種設定。

每一把武器上都寄宿著獨一無二的戰鬥技能，華麗且威力強大，只要在正確的時機使出，就能給敵人迎面痛擊。

但是，戰技的缺陷也十分明顯。

落空或者不恰當時機的施展，等於是將自己送入死地，在僵直期間內會成為敵人最好的肉靶。

高風險、高報酬……這就是戰技的本質！

沁芷柔看我不回應，又出聲催促。

「快點，我要躲不開了！之前灰色審判者第一階段時，我們穩紮穩打就可以贏，當然沒有必要冒險……可是第二階段之後，Boss 變得狂暴化，如果不冒一點險，只要主角挨到幾次攻擊，一切都完了！」

……沁芷柔說得沒錯。

或許，我缺乏的只是孤注一擲的決心。

懷抱著安逸的心思，淪陷在過去美好的回憶中，如此一來，我只會抱著理想溺死，於自欺欺人的思想裡不斷死亡與輪迴。

「……我明白了，用戰技吧。迴避方面一樣交給妳，等到適合的時機，我就會全力出擊。」

沁芷柔用力點頭。

啪！

灰色審判者進入第二階段之後，頭頂高空處的樹妖取代本體成為主力，大多數的攻勢都是由樹妖發出。

尤其樹妖會一邊尖叫一邊向主角發起攻勢，單純就心理負擔來說，比原先增加了許多倍。

啪啪！

啪啪啪！

隨著樹妖的攻擊抽打在地上，發出令人畏懼的聲響，沁芷柔也不斷操控主角進行閃躲。

在來不及閃躲時就用盾牌抵擋樹妖的攻擊，可是樹妖的攻擊力實在太強，威力的餘波依舊會狠狠穿越盾牌，導致主角的血量明顯削減。

然而，沁芷柔始終耐心等候時機。

僅僅過去三分鐘，在隨時會喪命的逃亡戰中，主角的血量幾乎已經見底。

終於。

終於……就在樹妖高高弓起身體，將整個主體一口氣砸下，產生大幅度僵直後，沁芷柔忽然激動地開口大叫。

「就是現在！」

此時主角已經繞到樹妖的背面。

我按下戰技的蓄力按鈕，隨著「颯」的音效聲從武器上傳出，主角擺出了弓箭步，同時將刺針劍拉至身後。

在這個視角與距離下，可以看見主角的手臂曲線開始賁張，突起的肌肉充滿力量感。

然而，才蓄力了半秒鐘，樹妖就漸漸恢復了姿態，似乎又要揚起頭顱。

「別停下，蓄力到滿！」

沁芷柔緊張大叫。

「!!」

此刻已經是毅力與決心的拚搏。

必須冒著極大的危險，在Boss身旁靜靜地進行蓄力，而不做任何動作，本身就需要非常大的勇氣。

颯、颯——!!

隨著戰技蓄力音效再次傳出，刺針劍上面開始環繞青色的旋風。那旋風的顏色越來越耀眼，風勢也越來越暴烈。

可是，戰技的蓄力總共有三個階段，此時才進入第二階段。

「嘶吼～～!!」

樹妖大叫一聲，接著重新昂起頭顱。

它的叫聲像是在發出命令，緊接著灰色審判者的本體對我們進行了攻勢，用空出的手肘朝我們狠狠一撞。

「嗚!!」

主角的身體一陣搖晃，同時手把也傳來劇烈的震動。

不過，主角承受住攻擊，戰技依舊保持蓄力狀態。

這裡必須慶幸，戰技在進入第二階段之後會產生霸體，除非死亡或是玩家主動取消，不然受到任何攻擊都不會被打斷。

然而，雖然抗住了本體的手肘攻擊，但狂暴化之後的灰色審判者破壞力也大幅度上升，主角的血量已經降低至谷底。

與此同時，主角開始了第三階段的蓄力。

颯、颯颯——！

從天空、大地、乃至四面八方，開始有無數的藍色能量粒子匯集，刺針劍上面環繞的風勢也變得比原本強上十倍。

藍色粒子聚集的速度漸漸加快，劍身上的光芒也不斷變得耀眼，最後就像一顆藍色的太陽一樣，沐浴在強光中的劍身，彷彿在這一瞬間成為了世界的中心點，存在感強烈到令人震撼。

那是光感受氣勢，就會連內心深處的情緒一同拉扯，令人生起不可思議觀感的光芒。

——已經到了分出勝負的時刻!!

「嘶吼～～!!」

樹妖轉過身，接著再次弓起身體，用前所未有的強勁力道進行襲擊。

如果被打中的話，主角的血量肯定會降低至零，就此陣亡。

面臨生死存於一線的危急關頭，戰技也終於蓄力到了極限，在這一刻，我忍不住也發出大喊。

「喝啊啊啊啊啊啊啊啊——!!」

「上啊！柳天雲！」

沁芷柔也與我一起大喊。

主角的弓箭步往前一跨，身體像箭矢一樣往前激射而出，在飛行的途中，將揮至身後的刺針劍，用盡全力往前一刺——

狂風、勁芒，還有激烈的音效——在此刻同時響起，混雜出澎湃的死鬥樂章。

「奧得利斯刺針劍，真名解放——暴風斬龍破·EX!!」

「嘶啊吼!!」

我們現實中的喊叫聲，與樹妖的攻擊叫聲摻雜在一起。

最後，主角穿越樹妖的撲擊，在奪目的閃光中，以強勁的力量貫穿樹妖的身體。

發出不甘心的咆哮聲，灰色審判者的血量歸零，倒下。

——終於，我們擊敗了Boss「灰色審判者」，通過了這次的試煉。

打倒Boss之後，開始播放過場動畫。

沉浸於強烈的喜悅中，沁芷柔首先跳起來歡呼。

「太好了～～～～～～～～!!」

但是過了一下子，似乎察覺自己太過於興奮，沁芷柔臉一紅，雙手交叉在胸前，露出了不起的樣子。

「柳、柳天雲，本小姐就勉強認同你這次的表現吧！」

旁邊的雛雪等人竟然也附議。

「……學長，大活躍。」

「不愧是前輩！風鈴覺得前輩是最厲害的哦！」

沁芷柔停了一下，又問：「話說那把刺針劍的真名與終極招式，為什麼聽起來那麼中二呀？」

其實那是我臨時取的。

我將這點告訴她們，卻換來「果然如此嗎」的複雜表情。

「咯咯咯咯咯……恭喜啊，零點一、乳牛，汝等終於突破了難關，擁有覺醒闇黑血脈的資格。」

桓紫音老師在這時候，卻在一旁笑了。

「——但是，汝等不繼續嗎？」

欸？

什麼繼續？

我跟沁芷柔面面相覷。

「那隻『灰色審判者』只是新手教學的Boss哦，汝等還有百分之九十以上的遊戲關卡尚未體驗，而且每隻Boss都比『灰色審判者』強好幾倍以上。」

理解桓紫音老師意思的瞬間，世界忽然變成灰白色的，我們瞬間陷入靈魂出竅的狀態。

最後。

……我默默退出PS4的遊戲片。

結束《灰暗靈魂Ⅲ》這款遊戲之後，離下課還有一點時間，於是大家聚在一起聊天。

「開什麼玩笑，那麼厲害的傢伙竟然只是新手教學的守門員，我本來還以為肯定是某種隱藏的強力 Boss 呢……如果真的是隱藏 Boss 那還好，知道自己使出渾身解數才好不容易打倒的傢伙，竟然只是遊戲中最底層的存在，真的很受打擊啊。」我向大家抱怨。

「嗯，說得沒錯。」沁芷柔也贊同我。

「對了，其實我本來想大喊『絕望啦！對這個新手教學 Boss 可以毀滅所有玩家的遊戲絕望啦』，幸好是大家一起來玩，不然我可能會懷疑自己打遊戲的技術很爛。」

「……是真的很爛，學長請不要懷疑這點。」雛雪舉起繪圖板。

「……」

眾人笑著聊天，氣氛愉快且融洽，時間就這樣逐漸過去。

而後，隨著鐘聲響起，今天怪人社的課程就此結束。輝夜姬回去A高中，而其他人去餐廳吃飯。

大家陸陸續續離開教室。

風鈴與我落在眾人最後頭，負責關上教室的門窗。

我們離開時，風鈴走在我身旁。

靜悄悄的走廊上，散落著橘紅色的夕陽，我們踏在其上，有種走在童話故事裡「光之橋」上的微妙錯覺。

漸漸的，前方怪人社夥伴們的身影遠去，連腳步聲都聽不見了。

四周逐漸安靜下來，這種情況持續了許久，風鈴終於打破沉默。

「前輩，你漸漸變得……跟以前不一樣了呢。」

漸漸變得跟以前不一樣了？我不明白風鈴的意思。

仰頭看著我的側臉，風鈴輕聲開口。

「前輩呢，以前總是想要獨自對抗整個世界，在獨行之道上走到累了，想哭泣了，寂寞了，也總是選擇獨自承受所有苦痛……雖然正是那樣子的前輩令風鈴無比憧憬，但始終是如此生活的話，想必會很辛苦吧。」

「……嗯。」

我想了想，點頭。

確實是那樣子，風鈴沒有說錯。

風鈴朝我微笑，接著又說：「但是，現在的前輩不一樣了。就像今天玩《灰暗靈魂Ⅲ》，如果是過去的前輩，在面臨無法突破的難關時，肯定不願意向芷柔求救，而是會不斷嘗試，拚了命想要依靠自身的能力通過關卡。」

「……嗯。」我又點頭。

……風鈴說得有道理。

連我自己都沒有意識到這點。可是……這種隨著時間推移、連本人都無法發現的轉變，風鈴卻察覺了。

「風鈴呢，始終注視著前輩的背影，珍惜憧憬前輩的心意，觀察著前輩的一切。

以前呢，在前輩還不認識風鈴的時候，風鈴總是想著，如果前輩願意回過頭來，看風鈴一眼就好了。那麼，風鈴就會感到無比的幸福。」

「……」

我很感動，卻又不想被察覺，只好搔搔臉掩飾自己的情緒。

「嗯……啊……總之……風鈴，謝謝妳。」

……風鈴就是晨曦。

……是我一直以來的救贖。

……從小時候開始，我就追逐著晨曦的身影，一直到高中後，我才發現風鈴就是晨曦。

過去的記憶，雖然不知道為什麼有點模糊，不過各方面的證據都指向這樣的事實。

與風鈴並肩往前行走，我思索著剛剛風鈴說過的話。

的確……

的確，現在的我跟以前不一樣了。

即使我早已意識到自己是一名不純粹的獨行俠，但究竟偏離到什麼地步……旁觀者清，或許只有身旁的夥伴能夠看出。

與以前封筆時期，那個自怨自艾……被悲傷所環繞的自己相比，現在的我，已經不一樣了。

我擁有了可靠的夥伴。

陷入泥沼時不再獨自掙扎。

從過去人人冷眼、遭受沽名釣譽唾罵的孤獨者，搖身一變，成為會受到學妹憧憬的人氣英雄。

……是啊。

完完全全……不一樣了。

現在的我，非常幸福。

即使我有時候會想：以前孤獨的我，跟現在幸福的我……於人生之道、寫作之道……乃至各方面的道路上，究竟哪一個更強呢？

我不清楚。

或許，當初那個身為純粹獨行俠的我……會更強。

但是，為了維持現在所擁有的一切，就算弱小也無所謂。

因為想要的東西，已經全部擁有了。

我已經不需要無止無盡、獨自立於巔峰上的強大。那份強大……太過寂寞。待久了，會使人發瘋。

那是必須捨棄現有的一切，才能換來的悲涼之強。

血與火。

「其他人呢？為什麼……C高中只有您一個人前來？」

「……」

少年沉默。

像是從對方的情緒變化中讀出了真相那樣，輝夜姬露出哀傷的表情。

「原來如此，您……究竟犧牲了多少東西，才走到了這一步？」

「!!」

我腳步一頓。

剛剛眼前忽然有詭異的畫面閃過，那畫面血紅一片，模糊且令人無法理解，甚至連清晰回憶都做不到。

……似乎是以前作過的夢，只是完全想不起來夢境的內容。

「前輩？」走在前方的風鈴回過頭。

橘色的夕陽依舊，寬大的走廊上也還是空蕩蕩的，只有我與風鈴兩人。剛剛瞬間閃過的血與火……彷彿過度疲勞產生的錯覺。

「……」

這時候，風鈴走了回來，她不知道為什麼看起來有些害羞，仔細左右張望，像是終於確定沒有其他人了，才向我靠近。

「那、那個……前輩！風鈴有一個請求。」

剛說完話，風鈴臉就紅了。

「嗯……怎麼了？」

我回過神來，看向她。

風鈴雙手負在背後，在紅著臉微笑的同時，朝我微微歪頭。

「……可以背風鈴嗎？走一小段路就好。」

她的要求讓我有點意外。

「是可以啦，但是為什麼？」

聽見我的疑問，風鈴低下臉龐。

「那個……風鈴……總是看見前輩背著輝夜姬……風鈴覺得有點羨慕……所以……那個……風鈴……風鈴……啊、真的很對不起！是風鈴太貪心了。明、明明說過注視著前輩的背影就心滿意足，能待在前輩身旁就不會遺憾，風鈴卻又提出這麼過分的要求……」

我嘆了口氣，接著伸出手，摸摸風鈴的頭。

「嗯，可以喔。我背著妳走。」

「真、真的嗎!?」

風鈴一聽之下，眼睛都亮了起來。

「真的真的嗎？這樣子的風鈴……也可以被前輩背負嗎？」

「可以喔。」

我蹲下，讓風鈴趴上來。

接著再次站起，以雙腿承擔風鈴的體重。

……好輕。

比想像中還要輕。

風鈴以雙手環抱我的脖子，將整個上半身貼在我的背上。

我慢慢往前走。

「不過，只能到離開教學大樓為止哦。如果被其他人看見的話，可能會有奇怪的流言產生。」

「……嗯，風鈴知道了。」

彷彿害怕我會化成煙溜走那樣，風鈴的身體不安地微微挪移著，雙手逐漸出力抱緊。

就這樣，在夕陽與微風的陪伴下，我背著風鈴，走著、走著……

走著，走著……

感受著背後風鈴的身體，我忍不住想起沁芷柔的身體也是這麼柔軟，女孩子都是這樣的嗎？

尤其與平常纏著裹胸布的輝夜姬相比，在胸部的大小上，風鈴顯得更加有料。

「……大嗎？」

忽然，風鈴在我耳邊這麼說。

「嗚呃！」

我被風鈴的發言嚇一跳，差點身體不穩。

側頭看去，我發現風鈴已經整張臉漲得通紅，雙眼彷彿動畫人物一樣有漩渦在轉動，她努力想把臉埋在我的肩膀上。

「那、那、那、那、那個——因為雛雪之前幫風鈴畫了精美的素描，所以風鈴只好答應雛雪，如果有一天在前輩的背上，不管怎麼樣都要開口問：『……大嗎？』那、那個……風鈴不想違背對雛雪的承諾，所、所以……」風鈴越說越慌張。

我想起輝夜姬也曾經有過相同的情況，忍不住開口吐槽：

「妳們為什麼都要被雛雪荼毒啦！」

但是，沒想到風鈴的話還沒說完。

「那個……那個……雛雪還說……一定要前輩回答……剛剛那個問題……不然下次就不幫風鈴畫素描了……當時腦袋一團亂的風鈴已經答應了……所以……所以……那個……」

唔！

回答剛剛那問題嗎？

風鈴看起來很傷腦筋的樣子。

可是，在遵守承諾與維護顏面之間，風鈴選擇了前者。

真是單純的女孩子，讓人忍不住誕生保護她的意圖。

既然風鈴為了遵守承諾，已經鼓起勇氣開口，我如果為了避免尷尬、進而迴避問題，那就顯得我太過自私，只想著獨善其身。

所以。

所以……在猶豫過後，我還是有點不自在地開口，進行答覆。

「……很大。」

聽見我的答案，趴在背後的風鈴，傳出「嗚……!!」的輕微嗚嗚聲。

「謝、謝謝。」

不要在這種地方道謝啦！

如果雛雪知道自己的計畫大成功，大概又會像頑皮的貓咪一樣變成「*ω*」的表情吧。

我無奈地嘆了口氣，繼續背著風鈴，不斷往前直行。

我曾經與人工智慧九千九百九十九號做過約定，晚上帶著風鈴去見她。

但是一直找不到機會向風鈴開口，導致這件事暫時耽擱下來。

之後。

怪人社裡。

因為上次玩的《灰暗靈魂Ⅲ》實在太過困難，讓人有點鬱悶，因此今天桓紫音老師決定做截然不同的事。

「說到與灰暗相反的詞彙，大概就是光明……熱情……之類的吧？哼，雖然身為黑暗生物的吾，並不怎麼崇尚這兩個詞，但與汝等的相適性應該還是挺高的。

「而且長久的心靈壓抑，對寫作者相當有危害。」

桓紫音老師這麼說。

「承上，所以吾決定──今天去一些不一樣的地方逛逛。」

去別的地方逛逛啊……

我開口詢問：「那麼，具體來說是哪裡呢？」

「嗯……吾想想……光明……還有熱情嗎……沖繩嗎……還是英國那邊的向日葵

海……或是古巴北部的科科島……選擇有不少呢，汝等有什麼主意嗎？」

沁芷柔舉手打算發言。

桓紫音老師依舊在獨自思考，似乎沒有看見沁芷柔的動作。

「畢竟吾等都是黑暗生物，對光明與熱情沒有瞭解也是十分正常的事，該怎麼辦呢……」

沁芷柔把手舉得更高了。

但桓紫音老師依舊不理她。

等等，我明白了。

如果桓紫音老師認為的「黑暗眷屬們」對光明與熱情表現出高度的興趣，這簡直就是在表達對黑暗勢力的反感，也可以說是心裡嚮往光明。

如果換成桓紫音老師的理解，大概就是「竟、竟然被神聖陣營那邊的人滲透了嗎!?」這樣的話。

所以不斷以自言自語拖延時間，來減少被神聖陣營入侵的可能性──大概就是桓紫音老師目前的心態。

不過，也真是奇怪，為什麼我能準確猜出桓紫音老師的中二思考呢……

真令人納悶。

……算了，先略過這點。

另一邊，桓紫音老師已經張開雙臂，像偉大的統治者一樣擺出宣告天下的姿態。

「咯咯咯咯咯……竟然都沒有人提出建議嗎……很好、很好，太好了，不愧是吾之眷——」

「——聽人家說話啦!!」

啊、沁芷柔被無視到生氣了。

夏威夷。

這是最後討論出來的結果。

夏威夷是充滿熱帶風情的旅遊勝地，氣候溫暖而舒適，每年的四月到十月左右都會是夏季，吸引世界各國的人不斷前往朝聖，甚至某年曾創下八百萬以上的遊客往返紀錄。

確實是一個很好的度假地點。

不過，如果撇除散心的因素，會選擇這裡，應該也跟輕小說修煉有關係吧？在老師的帶領下，過去已經有很多次這樣的紀錄。

於是我期待地看向桓紫音老師，等候解釋。

「欸？零點一，汝怎麼會這樣想？吾等很明顯就是去玩耍的吧，去這種地方也只能是玩耍吧？一直這麼嚴肅的話，會不受女孩子歡迎喔。」

「是、是哦……」

我的嘴角開始抽搐。

桓紫音老師回答完，接著就把她隨手寫的輕小說放進「輕小說虛擬實境機」內。

「哼哼……這樣子的話，輝夜姬也可以去了。」

「……謝謝，妾身由衷地向您表達謝意，桓紫音大人。」

在現實生活中，輝夜姬不能受陽光照射，只能終生活在室內或陰影下。

但是在虛擬世界裡就不受這樣的限制，可以大方地踏到陽光下，享受本應獲得的溫暖沐浴。

接著，大家一起踏進輕小說虛擬實境機。

碧海。

藍天。

溫暖的熱浪。

——夏威夷!!

透過輕小說虛擬實境機，大家一起出現在夏威夷的海灘上。面前就是湛藍的大海，海灘上有一排排椰子樹，到處都是喧譁的人群，充滿熱鬧的氣息。

大概是因為虛擬實境的設定，我們剛現身就已經全員穿上泳裝。

桓紫音老師打量四周，滿意地點了點頭，接著她轉頭看向輝夜姬。

「吾之盟友哦，其實怪人社有一個儀式，每當到達一個值得紀念的地點的時候，就會全員聚在一起歡呼，大喊萬歲。像現在來到夏威夷，吾等就應該高喊『夏威夷萬歲～～～!!』汝可以理解吾的意思嗎？」

輝夜姬歪了歪頭，似乎覺得這儀式很奇怪。

她看向我們，眼神中帶著疑惑。

「又來了嗎？又是要高喊萬歲那一套奇怪儀式嗎？」

沁芷柔首先退後一步，臉上閃過陰影。

也難怪她會有這種反應。

畢竟在這種人來人往的地方，大家一起高喊萬歲，簡直是羞恥 Play 的公開處刑。除了雛雪之外，大概沒有人會喜歡。

「那個……風、風鈴覺得偶爾省略儀式也不錯呢。」

風鈴也出言勸阻。

我想起來了，身為怪人社唯一的守序善良陣營，風鈴是被騙去高喊萬歲最多次的人。如果要論羞恥累積程度的話，風鈴絕對可以湊滿五顆星星。

另一邊。

不知道什麼時候，雛雪已經進入第二人格狀態。

「雛雪的話～～可以哦～～啊、啊啊啊，光是想到穿著暴露出全身百分之九十以上肌膚的泳裝，遭受一堆陌生人火辣辣的目光……快感就不斷湧上啊……啊、啊啊啊……快要忍不住了、雛雪已經快要忍不住了……哈……哈……哈……」

呻吟的同時不斷說出變態發言，不愧是雛雪。

輝夜姬看見夥伴們的狀態，似乎已經理解到這個「夏威夷萬歲」到底是多麼可怕的儀式，於是臉色慢慢發白。

「桓紫音大人，請恕妾身無禮，如果是如此困難的儀式，就算身為盟友，妾身可能也無法配合。」

桓紫音老師望著輝夜姬，露出失望的表情。

「不舉行儀式嗎？」

「不，妾身就先不用了。」

「這樣啊……」

桓紫音老師臉上的失望神色越來越濃。

「古代的武將為了回報主公的厚待，即使身陷敵陣遭擒，受到招降，往往也不肯投降其他的主公……依吾所見，這就是所謂的『大義』吧？」

「是的，您說得對。危急中仍不忘主公的厚待，即使受到利刃威脅也毫不妥協，這確實是不折不扣令人崇敬的大義。」輝夜姬點頭。

桓紫音老師嘆了口氣。

「真好啊……真羨慕呢，如果現代也有那種擁有崇高理念、身懷大義之人就好了。吾……感到極度遺憾。」

「桓紫音大人您在說什麼呢，妾身不就是……」

輝夜姬說到這裡，像是想起什麼，說話忽然中斷。

接著她的臉色開始發白。

嗯，我似乎可以猜到她在想什麼，桓紫音老師真是太狡猾了。

桓紫音老師厚待輝夜姬→輝夜姬不肯參加「夏威夷萬歲儀式」→有違大義之道。

這是非常簡單的推論，卻偏偏戳中了輝夜姬的軟肋，使她完全無法違抗。

於是輝夜姬低下頭。

「……妾身明白了，妾身會確實參加桓紫音大人您的『夏威夷萬歲儀式』，如此一來，就可以再現大義之人的風采。」

「呼呼呼呼……咯咯咯咯咯……」

桓紫音老師比出大拇指。

等等，妳剛剛的脅迫行為怎麼看怎麼像壞人耶！而且連笑聲都像！

無奈之下，我只好轉頭與風鈴還有沁芷柔商量。

「……這樣讓輝夜姬一個人跟著老師去大喊『夏威夷萬歲』，她真的太可憐了。」

「嗯……風鈴也這樣覺得。」

「啊啊、真麻煩，確實本小姐也不是那種丟下同伴不管的人……那現在要怎麼辦？」

「好羨慕、雛雪好羨慕輝夜姬哦……!!能獨自享受周圍群眾的火辣視線……啊啊、啊啊啊啊……感覺又要湧上來了……」

「沒人問妳意見!!」

「學長跟學姊你們好過分！太過分了！雛雪的心靈受傷了，絕對受傷了哦！就連這溫暖的氣候也無法解凍雛雪遭受冰封的心靈哦！」

總之，在短暫商量過後，我們還是決定要與輝夜姬同進退。

於是我們認命地轉過身，與輝夜姬一起參加怪人社的「夏威夷萬歲儀式」。

「「「「夏威夷萬歲～～～～～～～～～!!」」」」

面向大海，全體怪人社成員舉手擺出萬歲的姿勢，並且發出大喊。

……被路人行注目禮了，好羞恥啊啊啊啊啊啊啊啊！

因為海裡人太多，我們先在岸上到處走走。

首先我們決定去看現代衝浪之神——Duke Kahanamoku的雕像。

威基基海灘的沙灘其實相當長，一路綿延下去，所以要花一些時間步行，才能抵達雕像的位置。

「總、總覺得我們相當引人注目呢……」

一邊走，風鈴忽然不安地左右張望。

確實在行走的途中，有許多路人頻繁回頭向我們注目。

「哼哼……肯定是吾等剛剛的闇黑儀式，讓這些人類心中某個部分覺醒了吧。」

桓紫音老師說。

我抓抓側臉。

「……不，我想不是。」

「零點一，汝竟然說出這種話！看來汝的闇黑信仰開始變得薄弱了。」

從來沒有堅強過好嗎！闇黑信仰什麼的。

重回正題。

那些路人之所以一路上用目光尾隨我們，原因其實很明顯。

……我瞄向周圍的夥伴們，用審視的目光逐個打量。

「……？」風鈴。

「？？」沁芷柔。

「……♥♥」雛雪。

「……」輝夜姬。

「零點一，汝的目光讓吾很不舒服。」桓紫音老師。

……

「果然啊……」

太耀眼了，這些人。

不是指一般意義上的光線耀眼，而是指這些人從頭到腳、全身上下——都在拚命散發出的超級現充光環啊!!

光是仰賴姣好的容貌就可以輕易成為人生贏家，伸手一招就有大量追隨者會前仆後繼地湧上，如果放到現實世界能輕易進入模特兒行列，這些社員就是這樣的存在。

如果是平常的話，大概還不會引起這種程度的關注，可是在僅穿著泳裝的沙灘上，這些少女的身材一覽無遺，凹凸有致的曲線光是單獨行走就相當引人注目，更別提一口氣出現一群了。

簡單來形容，這些超級現充就是美少女中的美少女。

但是也因為她們太過出色，導致走在旁邊的我同樣分享許多關注——當然，是恨不得一拳把我打飛到宇宙的那種憤怒目光。

……真麻煩。

原本，獨行俠的本能會自動縮到不起眼的角落，藉此躲避多餘的流彈轟炸。然而現在這種情況，就像把蛞蝓抓到陽光下曝晒一樣，我的獨行之力正在快速蒸發當中。

「咦……這些人好像都在瞪著前輩呢？」風鈴擔憂地說。

「……妾身也看見了。妾身受過柳天雲大人的背負之恩，若是有恩不報，此乃有違大義。妾身有個提議，不如大家聯手守護柳天雲大人吧。」

「雛雪～～大贊成!!」

「哼，吾也認同輝夜姬的說法，那麼吾等就沉淪於闇黑之地，將此地染為腥紅吧……咯咯咯……」

於是怪人社的走路隊形改變了，從原本的散亂式前進，變成將我圍在中心行走的陣型。

「……」

過了一分鐘。

在大家包圍中行走的我，忍不住大叫出聲。

「這不是更引人注目了嗎——!?妳們是想致我於死地吧!!」

由於這些少女都比我還要矮上許多，所以就算被包圍了，我依舊暴露在眾人的目光下。

大概是因為這樣子的陣型，看起來就像我左擁右抱帶著許多美少女出遊一樣，所以原先只是關注的目光，迅速轉為憎恨，那一道道視線幾乎能將我洞穿。

「……柳天雲大人怎麼這樣說呢？妾身們正在努力保護您呢。」

「哪裡保護了啊！那邊在打西瓜的遊客，一副恨不得用我的頭取代西瓜的感覺啊!!」

「呵呵，柳天雲大人果然很幽默。」

欲哭無淚。

我深深吸了一口氣平復心情。

……好吧，算了。

從前身為純粹的獨行俠時，我就深有體會：偶爾想放空思緒，以高超的孤獨之心擺脫煩惱，反而會導致更多的世俗之毒纏身。

不過，無法跨越這種意外性，也只能說明我在獨行俠的道路上走得不夠遠，身為孤獨王國公爵的自覺性亦遠遠不足，僅此而已。

真正強大的獨行俠，面對這種程度的心靈打擊，會像鳳凰涅槃一樣不斷浴火重生，然後變得更強……更強……強到沒有困境可以擊倒獨行俠為止。

沒錯，就是這樣。

哼哼哼……哈哈哈哈哈哈……

「欸？學長在偷笑呢。」雛雪忽然說。

「嗚噁，好噁心的竊笑，可以不要一邊笑一邊露出無神的雙目嗎？會讓人聯想到正在腐爛的比目魚。」

沁芷柔嘴角一撇。

唔……

太過分了，竟然把我的眼睛形容成正在腐爛的比目魚。

我嘆了口氣，無奈地繼續前行。

衝浪之神——Duke Kahanamoku的雕像已經近在眼前。

雕像有著古銅色的皮膚，雙手張開像在迎接海洋，背後有一塊巨大的衝浪板。

它的手與頭上被朝聖的遊客掛滿了紅色花圈。不愧是衝浪之神，精神與足跡已經深深遺留在夏威夷，經過了這麼多年，還是有許多人緬懷。

「……」

桓紫音老師抬頭看著雕像。

「那麼，吾等來衝浪吧。」

接著，她像平常一樣忽然做出奇怪的決定。

「「「「欸——!?」」」」

無視於大家一起發出的驚呼，桓紫音老師繼續解釋。

「難得都來了，看見這位衝浪界的精神領袖，汝等不會渴望成為乘風破浪的海上勇者嗎？」

「不，完全不會。」

「乳牛，不要急著否定，衝浪是相當耗費體力的運動，說不定可以減掉身上多餘的贅肉。」

「人、人家哪有贅肉啦！」

「哼。」

在經過討論之後，為了留下紀念，大家還是決定一起去體驗衝浪。

在附近的出租店順利租到衝浪板。老闆人相當不錯，順便教導我們衝浪的新手基礎。

之後，帶著衝浪板，我們找了一塊遊客稀少的海域，慢慢踏入淺水區。

「奇怪，這裡竟然沒有其他遊客……」

我好奇地左右張望，確實走到這塊沙灘後，就完全看不見其他遊客了。

「咯咯咯……這畢竟是吾筆下寫出來的輕小說世界，這塊海灘是吾特地留下來的『魔性之海』，擁有自動隔絕凡人的魔力結界。」

「真的嗎？」

「當然，汝等觀察一下附近的椰子樹，上面是不是長著南瓜？這就是樹木受到魔力影響的證明！」

聞言，我抬頭向後面的椰子樹看去。

啊……還真的長滿了南瓜。話說不要讓椰子樹長出奇怪的東西啦！

還有，也就是說妳是早有預謀的嘛！早就想來衝浪了！

之後，當踏入海水中，清涼的感覺從腳底一直蔓延到全身。

「海邊啊……忽然想起之前某次社團活動去海邊時，旱鴨子柳天雲溺水的情況呢……那時候大家都跳下水救他，場面真的好好笑。」沁芷柔用懷念的語氣這麼說著。

嗚！

不要在這種地方炫耀妳的記憶力，我早就已經忘了，別讓我想起來。

那時候雛雪跟輝夜姬都還沒加入怪人社，其餘四人看見我溺水，全都慌張地跳下水救我。

「……」

腋下挾著衝浪板，本來正要涉入深水處的我，忽然腳步一頓。

像是有電流在瞬間通過全身那樣，不知道為什麼，我感到極度的驚訝……與恐慌。

……等等。

四個人……來救我……

那時候雛雪跟輝夜姬還沒加入怪人社……就算把風鈴……沁芷柔……桓紫音老師都一起算上，也才三個人而已……

第四個人是誰……有第四個人嗎？

腦袋一陣疼痛。

仔細搜索記憶的腦海，忽然浮現了當初溺水時，即將缺氧昏厥前的視野。

……那時，我看見了風鈴……沁芷柔……桓紫音老師一起向我游過來。

除此之外，海中確實有另一名少女，她的髮色是銀白色的……頭髮很長……身高跟輝夜姬差不多……

是誰……那個人究竟是誰……她是怪人社的成員嗎？

想不起來。

完全想不起來。

「嗚……!!」

隨著不斷加深思索，我的腦袋忽然一陣劇痛，我忍不住伸手按住它。

就像某種力量在阻止我繼續思考下去似的，有一種被利刃硬生生切斷想法的感覺。

這時，一道溫柔的聲音在我面前響起。

「前輩，您怎麼了？」

是風鈴。

利用海浪托著衝浪板的風鈴，站在我面前，對我露出溫和的微笑。

身為晨曦的風鈴，總是能在關鍵時刻治癒我，眼前鮮明的人影，逐漸讓腦中的疼痛消散。

但是，那個銀白色長髮的模糊人影，依舊銘刻於我的內心深處。

「那個……請前輩不用擔心，就算在海中發生什麼事，風鈴也會待在前輩身邊哦。大家都在等待前輩呢，一起去衝浪好嗎？」

大概是誤會我是因為不會游泳而卻步，風鈴跑來安慰我。

風鈴果然是理想中的女朋友類型，既溫柔又可愛，正常男生都會喜歡上她。好溫柔。

雖然她有所誤解，但那份心意還是確實傳達給我了。

「謝謝妳，風鈴。」

「前、前輩不用道謝，完全不用對風鈴道謝唷！」

面對我的致謝，風鈴緊張地搖手。

我向風鈴笑了笑，接著與她一起走向大海。

沁芷柔、輝夜姬還有桓紫音老師已經在玩衝浪板了。不過即使藉著浪勢，新手還是很難在剛開始就直立於衝浪板上，比較多的情況還是趴在板子上，於海面慢慢滑行，等到熟悉浪潮，再開始正式衝浪。

「……看來妾身的運動神經不太好呢，光是稍微正坐，板子就會翻覆，衝浪技術還有待加強。」

「沒有人在板子上正坐的！乖乖照剛剛店長的新手教學來操作啦！」

沁芷柔這麼回應輝夜姬，她自己倒是滑得非常順利。

的確，想在衝浪板上維持正坐姿勢，也未免太異想天開了。

另一邊。

桓紫音老師雖然已經能在海上滑行一段距離，但遇到大一點的海浪，總是會迅速翻覆。

「什麼……這塊衝浪板……不，這一整片魔域竟然在排斥吾的魔力……原來如此……原來如此……嗎？這就是吾失敗的祕密啊……」

請別用中二病來掩飾自己失敗的事實，謝謝。

風鈴聽見桓紫音老師的發言，忍不住掩嘴輕笑。

「老師有時候跟前輩很像呢。」

「……哪裡像了，她那可是死要面子的發言耶！」

「嘻嘻。」

風鈴又笑了。

嗯……看在笑容很可愛的分上，我就別仔細探究了。

總之，我與風鈴也開始下水，先從滑水開始練習。

「嗚咿……!!」

風鈴的第一次滑水很快就失敗了，板子側翻，整個人掉進海裡。不過她雙腳在水中踏了幾下，很快就浮出水面。

「前、前輩，就連滑水也不容易呢，衝浪好難喔！」

這樣啊……

怪人社裡除了沁芷柔之外的成員幾乎都失敗了，看來真的很難。

我默默下海，整個人趴在板子上，努力維持平衡。

「!!」

超乎預期的是，我做得還不賴。

順著海浪載浮載沉，巧妙利用體重來壓制衝浪板的震動，我似乎相當有滑行的天賦。

「啊！前輩好厲害！」

看到我的表現，風鈴開心地拍手。

得到美少女的稱讚，就算沉穩如獨行俠，我也忍不住感到開心。

於是再加緊練習十分鐘的滑行，我開始挑戰正式衝浪。

好不容易穩住身體，往前滑出了一段距離，這時候卻有一個特別大的浪潮迎面撲來。

「撲通」一聲，我掉進了海裡。

不會游泳的我往海裡直直沉下。

啊、不小心得意忘形了……

海水從鼻腔、嘴裡不斷灌進，我漸漸感到窒息。

隔著海水，我依稀能聽見上面的人正在發出大喊。

「前輩沉下去了——!!」

「什麼，零點一那傢伙又來了嗎？」

「啊~~真麻煩，又要本小姐去救他!!」

就像當初一樣，許多條人影躍入海裡，怪人社的成員們奮力越過水波朝我游來。

與此同時，在大量的海水浸透下，我的意識陷入了朦朧中。

在朦朧中……

血與火，再次出現。

「打勾勾~~說謊的話就要吞一千根針~~約定好囉~~!!

「打勾勾~~騙人的話就要吞一千根針~~約定好囉~~!!

「打勾勾~~違約的話就要吞一千根針~~約定好囉~~!!」

歌聲逐漸消散。在微弱的尾音結束後，這首歌再也沒有響起。

某個房間裡，那個看不見正面、背影孤寂的少年，將緊緊握住的雙拳抵在地上，不斷流下眼淚。

過了許久……許久。

少年站起，一邊流著血淚，踉蹌著腳步，走出房間站到外邊的階梯上。

位於城堡頂端的他，看著彷彿正逐漸被染成血紅色的天空，發出飽含痛苦的笑聲。

「哈哈哈哈……哈哈哈哈哈哈哈哈哈哈哈……」

少年大笑的同時，眼淚震落。

「……太多了，我已經……失去了太多東西，付出了太多代價。」

他說到「代價」這兩個字時，遙遙看向另一個方向。

那似乎……是C高中的方向。

「但是，無所謂了……一切都無所謂了……哈哈哈……哈哈哈哈哈……」

少年已經陷入瘋狂。

「如果歲月要阻斷我們相見，我就扭正這歲月……」

「若是命運要隔開這羈絆，我就撕裂這命運……」

五指戟張向著蒼天——向著比蒼天更高的地方!!少年全力以赴、發出負傷野獸般的掙扎吼聲。

「就算是天要妳死，我也會把妳奪回來——!!」

我睜開雙眼。

發覺自己躺在沙灘上，而輝夜姬的臉出現在面前。她的神情充滿擔憂。

「柳天雲大人，您掉淚了呢？是作惡夢了嗎？剛剛您一直不斷發出痛苦的呻吟……」

我趕緊摸摸自己的臉，確實已經濡溼一片。那並不是海水的潮溼。

「……妾身沒有嘲笑您的意思，別害怕，妾身偶爾也會作惡夢哦。妾身每次作惡夢，在門外的小飛羽總是會及時趕來。」

摸摸我的額頭，輝夜姬露出寬慰的表情。

「妾身就在這裡陪著您……請試著淡忘惡夢吧。」

其實夢境中的內容我已經記不起來了，不過……輝夜姬真是善良，與風鈴兩人簡直就是怪人社中的一對天使。

我坐起身，發現怪人社其他成員不見了。

「其他人呢？」

「由妾身留下照顧您，桓紫音大人則帶著其他社員，一起去張羅食物了。似乎是因為在虛擬世界裡吃東西不會胖，所以大家都十分開心呢。」

「那妳呢？妳不怕胖嗎？」

「……妾身從來沒有發胖過。」

「真是令人羨慕的體質啊……」

「謬讚了，柳天雲大人。那麼，請與妾身一起動身，前往怪人社諸位大人的存身之處。」

於是我跟著輝夜姬走。

似乎是因為平常看不到太陽的關係，輝夜姬十分珍惜每一刻可以晒到太陽的機會，就算有樹蔭，她也堅持走在陽光底下。

「真幸福，原來晒太陽是這種感受。」輝夜姬喃喃自語。

發現我的注視後，輝夜姬向我一笑，接著又進行補充：

「對了，妾身並不是說自己平常不幸福哦，只是在現實世界晒不到太陽而已。除此之外，妾身已經擁有了很多東西，應該要知足。」

我配合著輝夜姬小小的步伐，慢慢往前走。

一邊走，我們一邊聊天。

輝夜姬伸出手掌，像是要捧起太陽光那樣，微微弓起手心。

「……即使沒有陽光，也沒有關係。因為，在怪人社……妾身已經得到更珍貴的東西，能與友人一起探討輕小說、一起出遊、一起吵鬧，這些是之前在A高中被奉為高高在上的公主的妾身……從來沒有想像過的事。」

「所以，妾身現在非常幸福。」

說到這裡，輝夜姬轉過身，對我露出燦爛的笑容。

我點點頭。

莫名地，聽到她說這句話，我的內心深處忽然產生刺痛。

輝夜姬又笑著說：「啊，對了……剛剛妾身說到現實世界中無法接觸太陽，可是仔細一想，其實還是有接觸太陽的，而且離妾身很近。」

有接觸太陽？而且離太陽很近？

我不明白輝夜姬的意思。

接著，輝夜姬踮起腳尖，像是想拉近與我的距離那樣，注視著我的雙眼。

「……因為，怪人社的諸位，就是妾身的太陽。

「溫暖……非常溫暖。

「謝謝您，柳天雲大人。如果當初柳天雲大人沒有接起『轉轉橋梁君』的話，這一切就不會發生。

「這麼看來，或許柳天雲大人您……就是那許多太陽裡，最耀眼的一輪呢。」

輝夜姬漂亮的臉蛋，笑得露出小小的酒渦。

好可愛。

那是幾乎能擊垮正常男性「戀愛自制力」的可愛笑容。

「……」

幸好身為獨行俠的我，與一般男性有所區隔。

靠著強大的意志力，我硬生生地轉開視線，不與輝夜姬對望。

「走、走吧！去找其他人！」

為了避免尷尬，我倉促地開口發言。

但是說話的聲音不小心變成棒讀模式了，好想死。

第八話 世界盡頭的注視

結束海邊大吃大喝的行程，我們回到怪人社。

天色已經晚了，所以大家各自解散。

到餐廳用完餐後，我返回自己的房間。

躺在床上，一時之間睡不著覺。

這些日子以來發生了太多事，而且有許多事情讓我感到疑惑，所以心裡始終感到煩悶。

在陷入某段回憶時忽然頭痛……夢境中的血與火……人工智慧九千九百九十九號……有太多太多的謎團。

「對了……九千九百九十九號……請我帶著風鈴去見她。

「必須找時間兌現諾言……最近的社團活動比較早下課，明天試著去問問風鈴吧。」

翻來覆去又過了一陣子，我終於進入夢鄉。

隔天。

今天的社團活動，是檢討過去寫過的輕小說。

之前棋聖以「詛咒草人」進攻C高中時，為了對抗棋聖，我曾經寫過的一篇輕小說——《亞特留斯之劍》，被重新提出來檢討。

《亞特留斯之劍》，是敘述一名少年，在充滿危機的地下城裡被怪物所圍困。為了讓這名少年脫困，美麗的精靈魔導士被怪物纏住，最後只有少年獨自逃出地下城，回到安全的地面。

勇敢留下斷後的精靈魔導士，擁有長長的銀髮與嬌小的身軀，名為莓洛兒。為了拯救莓洛兒，少年選擇前往王國的正中心，試圖拔取「亞特留斯之劍」，成為擁有超絕實力的大英雄。

想要拔起亞特留斯之劍的少年，在過程中遭受無比的苦痛，捨棄了身為人類的自己，讓魔性之火加諸己身，最後化身為除了強悍的戰鬥力之外……一無所有的實力怪物。

渾身冒著熊熊的黑色烈焰，心裡被仇恨所充斥，將實力視為一切——這樣子的少年……嚴格意義上，早已不是當初那個祈求著「希望所有種族可以和平共處的他」。

背棄了本心，將當初的理念毫不眷顧地遺留在原地，少年出發前往地下城。

……

無時無刻都在被熊熊燃燒的魔性之火所焦灼，這樣的少年，一路殺進了地下城。

然而——捨棄了一切，換來無與倫比實力的他，卻發現苺洛兒早已身亡。

他終於明白了一件事：即使夢境再怎麼美好，那畢竟是縹緲虛幻的事物，遲早都會破滅……並醒轉。

醒轉後……等待著他的，將是更加殘酷的現實。

最後的最後，付出了一切代價，少年所能找到的，僅僅是苺洛兒的屍體。

那是無法獲得任何救贖……就像被困在黑暗中，不論往哪邊前進，都無法看見一線曙光的絕望。

於是少年發狂了。

身負「大英雄」層級實力的少年，發狂起來無人可擋，他斬盡了所有視為敵人的對象，將一切都摧毀……毀滅……直到整個地下城塌陷，將所有的事實都掩藏在瓦礫下。

「真是悲傷的故事……」

桓紫音老師拿著稿紙，坐在講臺上對我說。

「柳天雲，為什麼你每個認真寫出來的故事……都會這麼悲傷呢？」

「……」

其實我自己也不清楚。

正常來說，作家會把直觀的想法寫入輕小說裡，但是……那些內容我根本從未設想過，就自然而然地寫了出來。

「汝……不知道嗎……」

桓紫音老師想了想。

「文如其人……有時候，文字會反映出作者內心深處、乃至潛意識的東西……零點一，或許在連汝自己都沒有意識到的地方……有一個連汝都不知道的自己……感到無比悲傷。」

「悲傷嗎？我？」我啞然失笑。

現在的我什麼都有了，有了夥伴，有了安穩的生活，甚至連過去無法企及的名氣也有了。

獲得眾多學妹的崇拜，與校園裡其餘男生的吹捧，成為所有人眼中的英雄——

——**大英雄**。

甚至有些低年級的少女會這樣稱呼我。

……想到這裡，我一愣。

《亞特留斯之劍》這部輕小說裡……似乎也有類似的稱呼……

是巧合吧……

我陷入沉默。

檢討輕小說的同一天，怪人社下課後。

我從後面追上風鈴，打算向她提出邀約。

「呃……嗨！」

但是等到追上風鈴，我才發現不知道怎麼開口。

「啊、嗨，前輩。」

風鈴稍微有點驚訝，似乎反射性地回以相同的招呼。

如果說出「要不要陪我去看人工智慧」，感覺就非常奇怪。

那種「一起去動物園看企鵝吧！」的語氣，完全不適合我。

「……？」

風鈴略微歪頭，看向我。

糟糕，一直不講話，風鈴覺得奇怪了。

必須速戰速決才行，直接說出目的吧。

「今晚可以陪我嗎？」

「咦……!?」

風鈴這次被嚇了一大跳。

啊、是說得不夠清楚嗎？我繼續補充。

「大概凌晨零點左右，陪我一下。」

「咦咦……!?」

風鈴有點臉紅，她的雙手伸出，一下搖手一下緊張地握成拳頭，完全是不知所措的模樣。

「那個、前、前輩……您是想要……做什麼呢？就我們……兩個嗎……？」

「嗯，就我們兩個，這種事不能再多了。」

「咦咦咦——!?」

風鈴的背脊像觸電一樣忽然伸直。

雙手按著自己的胸口，風鈴的視線忽然飄開。

「也、也是呢，雖然只是名義上的情侶，還沒有正式告白，但前、前輩果然有認真看待這段關係對吧！這個……那個……如果前輩是認真的話，就、就算是那種孤男寡女的夜晚單獨相處，風、風鈴被前輩怎麼樣也都沒有關係喔。之後雛雪如果提出吞冰棒練習，風鈴也會乖乖參加……那個……但是風鈴是第一次……那個……嗚……」

她的話越說越快，臉也不斷泛紅，貌似徹底想歪了。

……事情好像變得麻煩起來了。

果然還是應該用「一起去動物園看企鵝吧！」的語氣開口嗎？

當天晚上。

與風鈴在凌晨集合，我們一起前往怪人社。

說實在的，為了解開下午的誤會，我費了很大的功夫。

尤其是解釋到一半雛雪忽然冒出，開始在旁邊「欸～～？終於要做了嗎？雛雪不介意一起哦～～」起鬨，讓事情變得更難處理。

不過，幸好還是順利把正確的意思傳達給風鈴了。

哼……之前身為獨行俠的時候，不太需要跟別人講話，導致我「溝通」這項技能沒有練好。

吞食過去的失敗結出的苦果，藉此獲得成長，這也是獨行俠的特色之一。

「前輩，您說的人工智慧九千九百九十九號……她平常資料庫是鎖起來的，只是想法會在您每次前去時，逐漸變得更加完善，就像資料庫在逐漸釋出情報那樣？」

「嗯。」

「那麼……是為什麼呢？就像在守護著某種祕密似的……那個資料庫裡面，究竟隱藏著什麼呢？」

風鈴搞不懂。

同樣的，我也搞不懂。

總之，去了就應該知道了。

空蕩蕩的走廊上，我帶著風鈴慢慢往前走。

風鈴其實相當怕黑，但如果我在旁邊的話，她可以勉強克服這個弱點。

夜晚的學校，每一道黑影看起來都格外陰森，尤其大多數學校都有流傳屬於自己的怪談，確實挺恐怖的。

「前輩……今晚天空上的雲，好像特別紅呢……好奇怪……」

風鈴有點發抖。

我向窗外看去，密布天空的雲層，確實比平常還要紅一些。

我並不是很在意，與風鈴一起繼續往前走。

終於。

「喀啦」一聲，我推開教室大門，與風鈴一起走進怪人社。

而後，我又走了幾步，按下開啟「轉轉思念君」的按鈕。

螢幕先是一陣閃爍，接著九千九百九十九號出現在螢幕正中央。

「主人，晚安！啊……您把風鈴帶來了呢，風鈴妳好。」

「嗯……妳好。」

風鈴也向對方打招呼。

「主人，九千九百九十九號感覺到了哦！主人您與風鈴一起出現時，之前某種上鎖的東西……已經達成解鎖條件，從資料庫裡被釋出了，那是某種一次性的東西……可以供您觀看，您現在要看嗎？」

某種一次性的東西？可以觀看？

我有點錯愕，那是什麼呀。

經過考慮，我還是點點頭。

「嗯，那就麻煩妳了。」

「好！」

九千九百九十九號說完後，就此消失在螢幕上。

接著，螢幕上忽然出現黑色的漩渦。

漩渦不斷旋轉，越轉越快……越轉越快，似乎在嘗試把所有東西都吸入。

那漩渦裡，似乎有一些零碎的粉櫻色光點，正在努力從漩渦裡鑽出，卻不斷被黑色漩渦吸回、攪入、弄碎。等到粉櫻色光點重新飛出時，變得越來越微弱，但光點還是不斷努力嘗試同樣的行為。

黑色漩渦……粉櫻色光點……越來越難懂了。

在深夜的怪人社中，觀看著這樣的畫面，風鈴好像有點不安，她靠近了我，抱住我的手臂。

許久。

過了許久之後，終於有足夠的粉櫻色光點擠出了漩渦，那黑色漩渦像怪獸的嘴巴一樣大張，彷彿發出了不甘心的咆哮聲，接著消失於無形。

螢幕上只留下歷經無數次破碎、重組，費盡千辛萬苦才留下的……那些粉櫻色光點。

「？」

在不明所以的困惑中，粉櫻色光點於螢幕內逐漸開始匯集……匯集……然後組合出某種形狀。

隨著那形狀，漸漸有了自己的輪廓，我的雙眼也慢慢開始睜大。

苦痛。

不安。

惶惑。

悲傷。

彷彿過去的一切，都想盡數在這一刻找到答案似的——那粉櫻色光點給了我這種莫名的預感。

我的內心不斷震動，記憶的最深處恍若有某種東西要翻騰而出，卻又被某種無形的力量給壓下。

粉櫻色光點開始慢慢組合出人形。

接著不斷凝實……凝實，再凝實。

「……!!」

最後，在我與風鈴的注視中，粉櫻色光點聚合成人類少女的模樣。雖然形象很不穩定，但依舊可以看出少女驚人的美貌。

她柔滑的粉櫻色長髮直垂到腰際，並有著不含一絲雜質、純淨的天藍色雙眸。少女輕漫於右眉旁的秀髮，夾著一枚金黃色的髮夾。她左腰處也掛著造型奇特的小墜飾，讓人不禁將視線逗留其上——數個小面具被紅色細線穿成一串，紅線末端以絲線結成一掛飄盪的紅穗，位於最上的面具是紅紋狐面。

「——!!」

在看清對方長相的瞬間，我的腦袋感到一陣疼痛，心臟也像有無數小刀在鑽刺那樣，感到無比的痛楚。

「救救她——!!」

那個在夢境中死去的我……所發出的呼喊聲，再次竄過耳邊。

為什麼……

為什麼……看見眼前的粉櫻髮色少女，我會產生這種感受？

她……是誰？

她看起來跟九千九百九十九號很像……但除了相異的髮色之外，從神韻上也感覺得出，兩者並不是同一個人。

這一切……究竟有什麼關聯？

此時，粉櫻髮色少女對我微笑。

「弟子一號……你最近還好嗎？」

她說話時，視線落在風鈴身上，風鈴正抱著我的手臂。

「看來是……過得不錯吧……」

看到眼前的情景，她的眼神莫名地黯淡下來。

察覺她眼神的變化，不知為何，我心裡也產生痛苦的情緒。

「妳是誰？」

我發問。

很熟悉……非常熟悉……卻又好陌生……為什麼……我不懂，不明白，想要瞭解。

於是，我問了「妳是誰」，想讓一切的疑惑得到答案。

粉櫻髮色少女看向我。

「人工智慧九千九百九十九號，只不過是七六四二三四博士創造出來的虛擬人格而已，再順便掛載在『轉轉思念君』中。

「而『轉轉思念君』……真正的功用是蒐集即將消逝的思念體，幫助思念體強行抵抗整個世界的收束與排斥，逃出黑洞的吸逝……讓思念體……可以化為人形，擁有主人生前殘存的意志，以她的意志再次發言。

「然而那過程十分痛苦，被世界本身所排斥的思念體……每在這個世界留存一秒，就必須在與黑洞的拉扯中……承受一個月之久的體感時間。

「即使如此，我現在說話的同時也不斷在消散……你們應該可以看得出來。

「其實我只有六十秒的時間而已。這一次之後，我的存在也將全部消散，再也不會出現。」

確實，粉櫻髮色少女的身體正不斷變得透明，有粉櫻色的光芒不斷從她體內被剝奪，然後消逝。

只有六十秒？原本苦悶的內心，忽然感到一陣緊縮。

我抓緊時間，把納悶已久的問題全部拋出。

「妳是誰？

「為什麼……妳願意承受那麼痛苦的過程，也要勉強成形與我們對話？

「為什麼……妳要看見風鈴才願意現身？」

面對我一連串的問題，粉櫻髮色少女卻只是注視著我，微笑。

她一句話也不說，我越來越著急。

「回答我——回答我啊——!!六十秒要過了!!」

但是她依舊沉默，面對我的追問，粉櫻髮色少女只是微笑。

笑得燦爛、溫柔而充滿包容力。

接著，粉櫻髮色少女徹底消失。

「轉轉思念君」的螢幕，轉為一片黑暗。

在消失前……最後的最後，她只留下短短的一句話。

「我只是想看看，你過得好不好。」

依舊是半夜時分，我與風鈴走出怪人社。

粉櫻髮色少女消失後，「轉轉思念君」已經沒辦法再次開啟。

「……」

失魂落魄。

內心感到無比的空洞。

粉櫻髮色少女的消逝與離開，彷彿將我的靈魂也扯掉了一半那樣，我感到自己開始不像自己。

但是她的出現，並沒有解開任何問題，反而增添了疑惑。

「為什麼……這一切究竟是為什麼……」

我低著頭，喃喃自語。

這時候。

這時候……

這時候──

風鈴忽然傳出了驚呼。

「前輩，你、你看，天上的雲……!!」

被風鈴的驚呼聲給喚醒，我往窗外再次看去。

「──!!」

天上的雲……紅了。

就像被鮮血徹底染紅那樣，整個天空的雲朵都變為深紅色。就算在黑夜中，色彩也依舊強烈而鮮豔。

緊接著，一道被擴音了無數倍的尖銳笑聲，從天空中傳出。

「嘻嘻……嘻哈哈哈哈哈哈哈！」

「終於完全消散了嗎……」

「柳天雲，還記得本女皇當初說過的話嗎……？」

隨著那尖銳的嗓音，有艘航空母艦級別的巨大宇宙船驀地破開雲層，緩緩朝著C高中下降。

「當鍾愛之物消散的那天……我會再來。」

那宇宙船的大小……那聲音……是晶星人女皇……!!

「嘎哈哈……嘎哈哈哈哈哈哈……」

「柳天雲。那個人……為你付出了一切，甚至連即將到手的勝利，都可以不要。

果然嗎……本女皇當初稱讚的沒錯，你──果然是個不得了的惡棍啊……

「可惜。現在，你忘記了……

「但是，沒關係，本女皇會把一切都告訴你……

「徹徹底底告訴你……然後欣賞你崩潰的模樣……嘻嘻……嘻哈哈哈……有趣……太有趣了，期待已久的果實終於可以摘採，本女皇為了這一天，已經等了好久好久……」

晶星人女皇的話語，彷彿預告了某種未來。

在這一刻，不知道為什麼……

……無法抑止的恐懼，迅速蔓延全身。

番外篇

九千九百九十九號

以白色為基底的實驗室裡，四處堆滿了雜物，唯獨一張實驗桌旁潔淨而寬敞。有一個穿著奇形怪狀衣服的男人端坐在實驗桌前。以白袍搭配短運動褲，放在地球上恐怕是無法想像的品味。

幸好他是晶星人，所以不用擔心被嘲笑衣著。

再仔細一看白袍，衣角繡著他的名字：七六四二三四。

他是一名科學家，平常被外界稱為「道具發明之父」，又有另外一派人士蔑稱他為「瘋狂科學家」。尤其在時空跳躍的研究上，他取得了巨大的理論突破。

此時，七六四二三四坐在實驗桌前，吐出一口長氣，望著他剛發明的新道具。

「轉轉思念君……終於完成了。」

抓了抓亂糟糟的頭髮，七六四二三四把頭靠在椅背上。

「不知道什麼時候派得上用場……畢竟這東西，預示著悲傷的未來。

「只有擁有一顆純潔的心，身懷悲傷的思念，在那個人即將消亡時……轉轉思念君才會發動，將宿主的思念保存起來，使思念不至於立刻逝去。

「但是，即使保存起來了，也只是暫時而已。

「以我的極限科技力……只能保存一點思念的轉轉思念君……在讓思念體成形時，也只能讓他／她顯現於世……僅僅六十秒。

「先不提思念凝聚成形的過程，必須承受無止盡的痛苦……

「思念成形的短短六十秒……這種違背了常理的存在，再讓生者與逝者相見，究竟是對的……還是錯的……我不知道。」

七六四二三四嘆了口氣。

「我只是個科學家，僅此而已。想探究命運造成的對與錯……不是我的專業範疇。」

在轉轉思念君被發明後，又過去了好久好久。

終於……轉轉思念君出現了第一個宿主。

透過儀器觀察，察覺到宿主身分的七六四二三四，再度嘆了口氣。

「是妳嗎……那個名為櫻的人類女孩。穿越了時空，妄想改變過去，最後落得這樣的下場。

「思念聚集程度達到『轉轉思念君』所能承受的上限……妳……在消逝前，究竟經歷了什麼樣的日子，是怎麼樣的悲傷與寂寞……能讓妳跨越無數距離……穿越無垠時空……來到我這裡……晶星人的星球與人類的星球，相距之遙遠……以人類的科技力而言，行駛一萬年也無法抵達……」

轉轉思念君裡面的思念，一片寂靜。

沒有人回答七六四二三四，但他依舊把話繼續說下去。

「妳……想再次與他見面嗎？

「我想，妳是想的。否則妳也不會來到我這裡。

「……畢竟之前我們有過一面之緣，將妳送回過去的……也是我，我就再幫幫妳吧。

「哼……輕易受感情而左右，我還真不像個科學家呢。」

於是，七六四二三四在不影響機器的情況下，模擬幻櫻的外表，創造出了人工智慧九千九百九十九號。

看著九千九百九十九號，七六四二三四嘆了口氣。

「九千九百九十九號……我會封印妳的讀取能力，只有當宿主願意解封時，妳才可以開啟轉轉思念君的真正能力，釋放出思念體。

「這些話妳不會記得，因為妳的記憶將會被重置……受到宿主影響，妳將會得到與宿主類似的性格，或許宿主的思念……也會影響到妳的想法，讓妳變得多愁善感。

「總之，去吧。

「去地球，發揮轉轉思念君的真正效用。」

之後，轉轉思念君被混進了給予C高中的道具裡。

缺乏實際的教學功能，外表又不起眼，轉轉思念君很快就被堆置在角落裡，被所有人遺忘。

然而，某天……柳天雲終於來到了轉轉思念君面前，不慎碰觸了開關，叫出九千九百九十九號。

九千九百九十九號不但繼承了幻櫻的外表，也學習了她的部分性格，她的一舉一動……都在逐漸喚醒柳天雲的部分記憶。

一次又一次。

一回又一回。

隨著柳天雲與九千九百九十九號不斷接觸……離思念體的釋放日子，也慢慢近了。

思念體的釋放條件有二：

首先，柳天雲要到場。

其次，帶來在這個世界裡，已經成為晨曦的風鈴。

「……」

於是，多日之後，在滿足所有條件的情況下，幻櫻終於得到重新出現的機會。

然而，已不屬於這個世界的幻櫻……被整個世界所排斥、抗拒，維持真理運轉的靈質黑洞，正不斷嘗試將幻櫻僅存的思念給吸入，讓她徹底消散。

所以即使透過轉轉思念君做為媒介，因為必須抗拒靈質黑洞，她要出現依舊非常艱辛、困難到了極點。

如遭鞭刑。

身如刀割。

——那是連上述兩者都無法比擬的劇痛。

從靈質黑洞中擠出，重新回到這個世界，思念體必須不斷被無情地攪碎、打壞、分解……最後又在轉轉思念君的幫助下重組。這種痛苦的過程，想在現世維持形體一秒，幻櫻就必須承受整整一個月的劇痛。

那是會將人逼瘋、讓人雙眼一片漆黑，心中充滿絕望的靈魂酷刑。

人世現身六十秒。

也代表在靈質黑洞中，整整六十個月的酷刑。

「呃啊啊啊啊啊啊啊啊啊啊——」

即使堅強如幻櫻，也不停發出慘叫。

但是，每當意識要徹底湮滅時，她總是會想起自己的目的，收斂起精神，讓轉轉思念君幫助自己重組。

一個月。

三個月。

十個月。

酷刑。

……

二十一個月。

三十七個月。

四十四個月。

折磨靈魂的酷刑。

……

五十六個月。

五十九個月。

六十個月……

靈質黑洞裡的時間流速，與現實並不相等。

終於，彷彿無窮無盡的折磨到了盡頭，幻櫻的思念體穿越靈質黑洞，抵達了現世。

受到太多的痛苦折磨，在她的感覺中，彷彿過了好幾輩子那麼久。

接著，她看見了已經成為晨曦的風鈴，抱著柳天雲的手臂。

「……」

不過，幻櫻還是必須露出微笑。

即使是強顏歡笑，那也是笑。

為了來看看他，努力了那麼久，不笑怎麼可以呢？

經過觀察，他們都過得很幸福，想必怪人社的其他人也是。

幻櫻本來有很多很多話想說，然而看見他們過得這麼幸福，於是心想：「啊啊……這樣就足夠了。」

畢竟她馬上就要消散。

即使這短短的六十秒，是她度過六十個月的地獄所換來，但對於其他人來說……依舊只是短暫的六十秒。

沒有必要破壞他們的幸福。

……因為，我已經是逝去的人。

是啊，這不就是我的目的嗎？讓柳天雲過得更幸福，讓柳天雲……活下來。

而且，風鈴已經取代自己成為晨曦，柳天雲……已經不需要自己了。

沒有任何存在價值了。

柳天雲已經足夠快樂。

我不能破壞他的幸福。

僅僅是知道柳天雲的情況，看看他，能默默守護他的幸福，對於幻櫻來說，這樣就足夠了。

所以，面對柳天雲的一連串追問，幻櫻始終保持沉默，並且露出微笑。

「妳是誰？」

「為什麼……妳願意承受那麼痛苦的過程，也要勉強成形與我們說話？」

「為什麼……妳要看見風鈴才願意現身？」

然後。

於最後的最後，幻櫻將自身所有的思念……與存在……還有情感，化為真正消逝前的簡短話語。

「我只是想看看，你過得好不好。」

九千九百九十九號　完

後記

大家好，我是甜咖啡。

《在座有病》系列不知不覺已經出到第七集了，如果加上第零集的話，已經有八本了。

同時，這也是咖啡寫作生涯裡，所寫過最長的故事。每一步往前都是嶄新的世界，不斷探索書本裡的無限可能性，過程既新鮮又有趣。

這本書能走得這麼遠，多虧了大家的支持，真的非常感謝。

對了，另外來談一下目前的劇情。

看到現在，大概很多人會喊著「呼喔！我要把附近文具店的刀片全部買光寄給甜咖啡——!!」「甜咖啡老賊——!!負我本命!!」「咯咯咯……看來這個詛咒草人……終於可以派上用場了呢……」諸如此類。

啊、彷彿可以隔著書聽到大家的心聲呢，既鮮明又響亮。

不過，大家不用擔心哦。

其實咖啡從動筆寫作以來，筆下每一部作品都非常治癒，從許多年前就有個外號叫「治癒系作家」呢。

將自己心中的治癒理念傳達給讀者，是咖啡一直以來的期待與願望。如果是在網路遊戲裡的話，咖啡大概就是負責把「大治癒術」Buff 施放給各位的神官吧。

所以大家可以放心閱讀，千萬不要把神官踢出組隊哦。（笑）

大家的購買與支持，是撐起咖啡能將《在座有病》系列往後推展的主因，如果可以的話，今後也請繼續支持我，謝謝。

後記的最後，必須對編輯陳兄致上一億兩千萬分的謝意。在我遇到困難時，他總是耐心地幫助咖啡，咖啡一直很感謝他。

還有畫技精湛的手刀葉，認真又負責地提供一張張精美的插畫，能與這樣的夥伴合作，咖啡真的非常幸運。

其他尖端出版的員工們也替這本書付出了許多心血，《在座有病》是大家齊心協力才能產生的結晶，謝謝你們。

另外，這是咖啡的 FB：https://goo.gl/GN4I6d，與粉絲團：https://goo.gl/WSgEsg 喜歡本作的朋友可以加我好友，或者到粉絲團追蹤我。

那麼，我們下一集再見。

甜咖啡

在座寫輕小說的各位，全都有病

浮文字

在座寫輕小說的各位，全都有病7

著　者／甜咖啡
發 行 人／黃鎮隆
副　理／洪琇菁
執行編輯／曾鈺淳
企劃宣傳／邱小祐、劉宜蓉
封面插畫／手刀葉
副總經理／陳君平
國際版權／黃令歡
美術編輯／方品舒
內文排版／謝青秀

出版／城邦文化事業股份有限公司 尖端出版
台北市中山區民生東路二段一四一號十樓
電話：(〇二)二五〇〇七六〇〇
傳真：(〇二)二五〇〇二六八三
E-mail：7novels@mail2.spp.com.tw

發行／英屬蓋曼群島商家庭傳媒股份有限公司城邦分公司 尖端出版
台北市中山區民生東路二段一四一號十樓
電話：（〇二）二五〇〇－七六〇〇（代表號）
傳真：（〇二）二五〇〇－一九七九

中彰投以北經銷／楨彥有限公司
（含宜花東）
電話：（〇二）八九一九－三三六九
傳真：（〇二）八九一四－五五二四

雲嘉經銷／智豐圖書股份有限公司　嘉義公司
電話：（〇五）二三三－三八五二
傳真：（〇五）二三三－三八六三

南部經銷／智豐圖書股份有限公司　高雄公司
電話：（〇七）三七三－〇〇七九
傳真：（〇七）三七三－〇〇八七

一代匯集／香港九龍旺角塘尾道六十四號龍駒企業大廈十樓B&D室
電話：（八五二）二七八三－八一〇二
傳真：（八五二）二七八二－一五二九

馬新經銷／城邦（馬新）出版集團Cite (M) Sdn. Bhd.
E-mail：cite@cite.com.my

法律顧問／王子文律師　元禾法律事務所
台北市羅斯福路三段三十七號十五樓

二〇一七年八月一版一刷
二〇二一年一月一版五刷

■中文版■

郵購注意事項：
1.填妥劃撥單資料：帳號：50003021戶名：英屬蓋曼群島商家庭傳媒(股)公司城邦分公司。2.通信欄內註明訂購書名與冊數。3.劃撥金額低於500元，請加附掛號郵資50元。如劃撥日起 10～14日，仍未收到書時，請洽劃撥組。劃撥專線TEL：(03)312-4212 ・ FAX：(03)322-4621。E-mail：marketing@spp.com.tw

國家圖書館出版品預行編目資料

在座寫輕小說的各位，全都有病7 / 甜咖啡 作.
--初版. --臺北市：尖端出版，2017.8
冊 ; 公分
ISBN 978-957-10-7551-8(平裝)

857.7　　　　106002403